BIBLIOTHÈQUE ORIENTALE ELZÉVIRIENNE

XXIV

# LES HÉROINES DE KALIDASA ET LES HÉROINES DE SHAKESPEARE

Le Puy, imprimerie de Marchessou fils.

LES

# HÉROINES DE KALIDASA

ET

# LES HÉROINES DE SHAKESPEARE

PAR

MARY SUMMER

PARIS
ERNEST LEROUX, ÉDITEUR
LIBRAIRE DE LA SOCIÉTÉ ASIATIQUE DE PARIS
DE L'ÉCOLE DES LANGUES ORIENTALES VIVANTES ETC.
28, RUE BONAPARTE, 28

1879

LES

# HÉROINES DE KALIDASA

ET LES

# HÉROINES DE SHAKESPEARE

SHAKESPEARE était bien loin encore; la Grande-Bretagne subissait le joug des Césars; les Celtes bâtissaient leurs cabanes à l'ombre des forêts, et déjà l'Inde ancienne goûtait les jouissances de la civilisation; un auteur dramatique, célèbre sous le nom de Kâlidâsa, était applaudi par une société savante et polie. Mais, séparés par la succession des siècles, le poète anglais et le poète indien devaient rester sans rivaux dans leur patrie.

Tout est contraste dans ces deux existences. Kâlidâsa naquit sous ces latitudes brûlantes où le nuage qui apporte la pluie est un bienfait du ciel et où la nature produit sans effort toutes les merveilles de la végétation des tropiques. Shakespeare vit le jour dans cette île brumeuse que le soleil éclaire d'un rayon parcimonieux, et dont la fertilité est le fruit des labeurs de l'homme. L'auteur de Sakountalà a vécu au milieu de cette race Aryenne spirituelle, indolente, souple, adulatrice, initiée à tous les raffinements de la civilisation. L'auteur d'Hamlet a grandi chez un peuple libre, énergique, rude et loyal, qui sortait à peine de la barbarie du moyen âge. Le poète indien maniait, en se jouant, une langue riche et harmonieuse, façonnée à toutes les exigences de la pensée. Le poète anglais exprimait ses pensées dans cet idiome d'une mâle hardiesse, où le moule saxon avait laissé sa dure empreinte. Voué à un culte sensuel et dégénéré, Kâlidâsa était le courtisan d'un monarque asiatique; Shakespeare, au contraire, entendit les prédications sévères de la réforme et fut le protégé de l'impérieuse Elisabeth.

Mais le temps, les lieux, les mœurs, ne changent rien au fond du cœur humain et au génie du poète. Kâlidâsa et Shakespeare se touchent en plus d'un point; tous deux ont excellé dans la peinture des passions humaines, et surtout dans celle de l'amour. C'est sous ce point de vue, le plus fertile pour l'analyse, le plus séduisant pour l'imagination, que nous allons essayer de comparer les œuvres de ces deux grands maîtres.

## I

L'Inde est par excellence le pays des flatteurs; d'habiles courtisans ont voulu exalter le règne de leurs princes en mêlant aux gloires contemporaines celles du temps passé. Plusieurs de ces historiens infidèles revendiquent l'honneur d'avoir vu naître Kâlidâsa. Ce nom illustre devint même un titre, une récompense accordée aux poètes d'élite, et il est difficile de reconnaître dans cette confusion la trace du véritable Kâlidâsa [1]. Quelques-uns l'ont placé avant J.-C., faisant vivre l'auteur indien au siècle de Virgile et d'Horace; d'autres prétendent qu'il fut un des cinq cents let-

1. F. Nève, « Kâlidâsa et la poésie sanscrite dans ses raffinements et sa culture », p. 10.

trés qui florissaient vers l'an 1000 à la cour du roi Bhôdja. Selon ces derniers, le poète eût joint les fonctions politiques aux travaux littéraires, gouverné le pays de Cachemir et trouvé de sublimes descriptions au pied même de l'Hymalaya.

Nous croyons être dans le vrai en adoptant l'opinion de MM. Weber et Lassen. C'est entre le IIe et le IIIe siècle de l'ère chrétienne que serait né Kâlidâsa, dans la cité d'Oudjayini [1], abritée par les monts Vindhyas et baignée par les eaux de la Sipra. Sous la protection d'un souverain intelligent, au milieu de la civilisation brahmanique et de tous les raffinements du luxe oriental, Kâlidâsa vécut doucement, cultivant son art sans trouble et sans soucis. Le gouvernement de Cachemir n'eût-il pas nui un peu aux compositions si fraîches du poète?

Au moment où parut ce génie immortel, les luttes religieuses divisaient déjà la

1. L'ancienne Ozène des Grecs, aujourd'hui Oudjein.

société indienne, et depuis longtemps le Bouddha était venu réformer les doctrines. Ils étaient loin, ces antiques Védas, livres sacrés d'un peuple nomade. Des trois dieux principaux qu'elle avait changés en principes abstraits, de Brahma, Vichnou et Çiva (le créateur, le conservateur et le destructeur), l'école rationaliste avait formé la grande Triade (Trimourti); le panthéisme s'établissait avec autorité, et des autels s'élevaient aux dieux multiples dont les grottes d'Eléphanta gardent encore les figures colossales. Vainement les brahmanes retenaient dans leurs mains ambitieuses un pouvoir absolu, terreur des peuples et des rois. Désormais le trouble était jeté dans les traditions védiques et le principe aristocratique menacé dans sa vitalité même [1]. L'idiome sanscrit avait changé avec la doctrine; plus flexible et plus riche, il avait laissé de sa précision et de sa force dans les discussions d'école et les subtilités philosophiques. La langue sacrée n'était plus

1. Théod. Pavie. Krichna et sa doctrine, p. 29.

une, elle se fractionnait en dialectes ; le Pâli et le Prâcrit prenaient place à côté du sanscrit.

Quant aux mœurs, elles avaient subi la même transformation ; n'y cherchons plus la simplicité des Aryas pasteurs. Des bords du Gange aux bouches de l'Indus, les cours asiatiques rivalisent d'éclat et de mollesse. Mais ce ne sont pas là, il s'en faut, les mœurs de la Perse ou de la Turquie ; loin d'être générale, la pluralité des femmes n'est que tolérée, c'est une nuance qui ne doit pas nous échapper ; l'amour reste purifié, ennobli par le respect profond, le culte inné de la famille. Si le code de Manou définit la situation de l'épouse d'une façon sévère et terrible, l'Indien ne traite jamais sa compagne en esclave ; c'est la mère de ses enfants, c'est une puissance domestique, dont la malédiction l'emporte même sur celle du chef de la famille.

Kâlidâsa vivait à la cour, parmi les grands, et ce n'est pas là que les mœurs valent le mieux. Il a subi les influences d'un milieu trop facile ; nous en trouvons un reflet dans certaines peintures un peu vives que le talent du poète peut seul faire accepter, comme on oublie la nudité devant les splendeurs du marbre antique. Du reste, Kâlidâsa ne pouvait peindre qu'une partie de la société contemporaine. Par une exception singulière, l'art dramatique n'a pu être dans l'Inde un plaisir populaire ; nous n'y trouvons pas ces arènes gigantesques où cent mille spectateurs applaudissaient un Sophocle et un Aristophane. L'orgueil des castes devait établir la démarcation même dans les plaisirs. Comment un brahmane eût-il consenti à rire ou à pleurer avec ceux qu'il dominait de si haut ? Aux chefs de la société, aux gens instruits, aux délicats seulement devaient être réservées les jouissances du théâtre. Imbus de ces idées aristocratiques, les poètes ont rempli leurs pièces d'allusions savantes à l'histoire des dieux et du pays. Souvent ils intercalent, au milieu d'un dialogue en prose, des stances d'une difficulté extrême, et dont une oreille exercée au sanscrit pouvait seule saisir le sens. Bien entendu, ils se complaisent à représenter des personnages éminents. Ils choisissent de préférence, pour intéresser le spectateur, les aventures d'un monarque comme Douchmanta, d'un héros comme Râma, d'une divinité comme Krichna. Les dieux interviennent, au besoin, dans l'action dramatique, parfois ils veulent bien descendre sur la scène; c'est une complaisance qui n'aurait pas été possible pour un auditoire composé de personnages inférieurs. Il était naturel que le théâtre cherchât ses inspirations dans la religion du pays. La Grèce n'a-t-elle pas célébré les exploits de Bacchus, et le moyen âge les mystères chrétiens?

Mais, de même qu'en Grèce, les représentations théâtrales n'avaient pas d'organisation régulière, elles étaient amenées par un événement solennel : le couronnement d'un roi, la naissance d'un fils, et surtout la fête d'une divinité. Cela explique le peu de fécondité des auteurs dramatiques. Les maîtres du théâtres indien, Kâlidâsa et Bhavabhoûti en tête, n'ont pas produit chacun plus de deux ou trois pièces. Quelques-unes, il est vrai, remplissent à elles seules un volume entier. Le Mritchakati, célèbre en France sous le nom du *Chariot d'enfant* [1], contient dix actes et ne forme pas moins d'un gros in-octavo. La représentation d'un pareil ouvrage pouvait occuper plus d'un jour et se diviser en deux parties, comme certaines pièces d'Eschyle. C'est le genre qu'un théâtre moderne a essayé, sans succès, de faire revivre parmi nous [2].

La première idée du drame est attribuée par les Indiens au sage Bharata. Ce brahmane, *riche en austérités*, a trouvé le temps d'écrire un code aussi compliqué dans son genre que celui de Manou. Les pièces y sont distribuées en deux classes : les *Roûpakas* et les *Ouparoûpakas* [3]. Il y a

1. Représenté, en 1850, sur le théâtre de l'Odéon.

2. Le Théâtre-Historique.

3. Wilson, *Système dramatique des Indiens*, p. XXI, dans le Ier vol. des *Chefs-d'œuvre du théâtre indien*, trad. par A. Langlois. Le mot *roûpaka* vient de *roûpa*, « forme, figure », et signifie « ce

seulement dix espèces du premier genre et dix-huit du second ; ce serait assez pour fatiguer la patience de tout autre qu'un Indien. Chaque branche de l'art dramatique, féerie, mélodrame, ballet, comédie, vaudeville, est réglée avec un soin méticuleux. Ces compositions diverses peuvent avoir de un à dix actes. Les Nâtakas, ou pièces de premier ordre, n'en auront jamais moins de cinq. Le premier acte doit être simplement une exposition, et sa fin sera marquée par la sortie de tous les personnages ; l'action grandira et se développera dans les actes suivants, à travers diverses péripéties plus ou moins ingénieuses. Au dernier acte, le drame se dénouera par une crise finale et se terminera comme il a commencé, par une bénédiction ou une prière. L'unité de lieu et la durée de l'action, qui préoccupaient si fort les Grecs, ne semblent d'aucune importance au fondateur du

qui donne une forme, une figure, un caractère aux personnages imaginés par un auteur ». Les *ouparoûpakas* sont des ouvrages moins importants du même genre.

théâtre indien. En revanche, il s'est perdu dans un dédale de divisions et de règles, souvent insignifiantes ; la conduite de l'intrigue, la variété des incidents, les vices et les vertus des personnages, leurs impressions physiques et morales, tout est prévu, classé, catalogué. Le poète est enchaîné ; on ne laisse carrière ni à son imagination, ni aux effets qu'il veut produire. Il doit obéir et n'a pas le droit de donner à ses héros des qualités incompatibles avec l'organisation qui leur est propre. Il serait inconvenant d'attribuer la libéralité à un Rakchasa [1], invraisemblable de supposer la fraude chez le généreux Râma. Bharata ne tolère d'infraction qu'en faveur des perfidies de l'amour ; un prince, un héros, peuvent, sans manquer à leur dignité, cacher à une amante jalouse des égarements de cœur. Le sage, supérieur aux faiblesses humaines, voulait-il prouver que les amoureux ne jouissent pas de toute leur raison

1. Rakchasa ou Rakchas, sorte de vampire ou génie malfaisant.

et qu'il les faut traiter avec indulgence? Jamais la *Parakiyâ,* c'est-à-dire la femme d'un autre, ne doit être l'objet d'une intrigue dramatique. Les Indiens ne croyaient pas intéresser avec la peinture d'un amour adultère, et l'épouse reste sacrée pour le poète. Voilà une loi qui gênerait singulièrement les allures de notre théâtre contemporain ! Admirons aussi le sentiment délicat qui interdit toute action sanglante sur la scène. Les personnages du drame peuvent se battre ou s'égorger, à condition d'être hors de la vue du spectateur. Ils ne viennent pas étaler leur agonie et présenter à l'esprit les plus pénibles images. Tandis qu'ils expirent discrètement dans la coulisse, un récit, à la manière de celui de Théramène, instruit le public des événements accomplis : Horace défendait que Médée tuât ses enfants sur la scène, et Boileau s'est écrié, après le poète latin :

Mais il est des objets que l'art judicieux
Doit offrir à l'oreille et reculer des yeux [1].

1. *Art poétique,* III.

Le code dramatique dont Wilson déplorait la perte, a été retrouvé par un savant Américain, M. Fitz Edward Hall, chercheur zélé et infatigable. Si une plume patiente veut bien traduire ce curieux document, le théâtre du dix-neuvième siècle puisera peut-être d'utiles leçons dans un livre antérieur au christianisme.

Il faut l'avouer, nous ne trouvons pas la même supériorité sous le rapport des accessoires matériels; les décorations et le mobilier du théâtre ne répondent pas aux règles et aux subdivisions dont nous avons donné un aperçu. Quelques sièges, un trône, et des chars traînés par des animaux vivants, voilà à peu près toute la mise en scène; c'est l'enfance de l'art. Le côté surnaturel laisse fort à désirer; parfois le ciel s'ouvre, on entend gronder la foudre d'Indra; mais les dieux seraient sans doute plus à l'aise sur nos scènes modernes où triomphe l'art du machiniste. Les costumes semblent avoir été fidèlement observés. Voici à ce sujet une légende curieuse [1]. Jadis des comédiens ambulants traversaient le Mont Balasêna, qui ne jouissait pas d'une bonne réputation, et passait pour être hanté par les plus méchants démons. Mais la nuit venait ; que faire ? il fallut camper en pleine montagne. On alluma un grand feu pour se défendre d'un vent glacial, et la troupe s'endormit tranquillement. Tout à coup un des comédiens s'éveille transi de froid, et il a l'idée de revêtir le costume de son rôle, qui se trouvait précisément être celui d'un Râkchasa ou démon. Plusieurs comédiens, ouvrant les yeux, s'imaginent qu'un esprit malin est venu s'asseoir à leur feu. L'alarme est donnée; en un instant l'émotion se communique : c'est une panique génénérale, La troupe, abandonnant armes et bagages, fuit éperdue à travers la montagne. Le pauvre démon, qui n'y comprend rien, se met à poursuivre ses camarades, dont

1. « Le comédien déguisé en démon. » V. dans le recueil des Avadânas, traduit du chinois par Stanislas Julien, t. II, p. 78.

l'effroi s'accroît encore. Ils coururent ainsi toute la nuit, au point du jour seulement on s'envisagea, et l'erreur fut reconnue, mais cette fois, du moins, l'illusion avait été complète.

Les hommes ne se travestissaient pas grossièrement pour remplir les rôles féminins. Sakountalâ ou la nymphe Ourvasî étaient applaudies sous les traits d'une gracieuse actrice. Les artistes jouissaient de la considération publique, ils étaient les amis du poète, qui vivait lui-même dans l'intimité des sages et des rois.

Mais pourquoi n'entrerions-nous pas dans *la Sangita sâla* qui servait aux représentations théâtrales? Figurons-nous qu'on célèbre à la cour d'Oudjayini la fête de Çiva, le destructeur, et de la terrible Kâli sa compagne. C'est vers la fin du jour, à l'heure où baissent les rayons du soleil et où l'Indien triomphe d'une torpeur accablante. La cour, pavée de mosaïques, est abritée sous une tente; les piliers, qui soutiennent cette tente, sont décorés d'une riche étoffe et enguirlandés de fleurs; les parfums brûlent dans des cassolettes d'argent; la fumée du sandal se déroule en longues spirales bleues, tandis qu'une eau jaillissante rafraîchit l'air et retombe dans la vasque de marbre, où les paons viennent mouiller leurs ailes. Au milieu de la salle s'élève un trône brodé d'or et de pierreries. Nous assistons à une scène des Mille et une Nuits : de belles esclaves agitent au-dessus de la tête du souverain l'éventail de tchamara [1] et la feuille de palmier. Etincelantes de parures, le front courbé sous le poids des bijoux, les femmes du harem se placent à la gauche de leur maître. La droite est réservée aux personnages de distinction. Plus loin sont groupés, selon leur rang, les poètes, les astrologues, les médecins, les panégyristes et tous les officiers d'une cour asiatique. Un rideau de pourpre sépare le spectateur de la scène; sous un bosquet de manguiers, des musiciens invisibles jouent

1. Sorte d'éventail fait avec la queue du yak, appelée tchamara en sanskrit.

doucement et préludent à l'action qui va commencer. Soudain, sur un signal du roi, le rideau est tiré [1]; la principale actrice sort de la coulisse, salue l'auguste assemblée et célèbre dans un air brillant les charmes de l'été. C'est la poétique et touchante Sakountala elle-même. Si cet auditoire d'élite sent et exprime comme nous ses jouissances, de quels applaudissements a dû être saluée l'œuvre nouvelle!

Seize cents ans plus tard, grâce à la traduction anglaise de William Jones, qui parut à Calcutta en 1789, et fut traduite en allemand en 1791, l'Europe put admirer dans Sakountalâ la personnification du théâtre indien, et le poète populaire de l'Allemagne s'écriait avec l'enthousiasme des jeunes années :

Veux-tu dans un seul mot renfermer à la fois
Et les fleurs du printemps et les fruits de l'automne?
Veux-tu le ciel, la terre et les senteurs des bois?

1. Chez les Indiens, le rideau ne se levait pas, comme sur nos théâtres; on l'ouvrait en le séparant par le milieu.

Veux-tu ce qui ravit, transporte? Ce qui donne
L'émotion au cœur, le plaisir à l'esprit?
Voici Sakountala; par ce nom, tout est dit[1].

1. Voici la stance de Gœthe :

Willst du die Blüthe des Frühen, die Früchte des spæteren Jahres,
Willst du was reizt und entzückt, willst du was sættigt und næhrt,
Willst du den Himmel, die Erde, mit einem Namen begreifen :
Nenn'ich Sakontala, Dich, und so ist Alles gesagt.

## II

Ce n'est pas seulement par ses drames que Kâlidâsa a conquis l'admiration de la postérité; on lui attribue plusieurs poëmes qui sont restés pour ses compatriotes les chefs-d'œuvre du genre. Quoique ces poëmes ne se rattachent pas directement à notre sujet, nous ne pouvons les passer sous silence.

Citons d'abord le *Ritou Sanhara,* ou « Cycle des saisons », peinture curieuse et fidèle du climat de l'Inde; Thompson, Saint-Lambert et Roucher ont marché, sans le savoir, sur les traces de Kâlidâsa.

Le *Raghouvança* chante les exploits de la race héroïque qui régna sur l'Inde et dont les ancêtres passaient pour les fils du soleil. On trouve dans ce poëme les qualités de style et de versification qui distinguent Kâlidâsa, mais le courtisan s'y montre trop, on devine que les faveurs royales récompenseront les adulations du poète.

Dans le *Koumara Sambhava*, Kâlidâsa donne franchement l'essor à ses prédilections religieuses. Non loin d'Oudjayini s'élevait un temple fameux, où Çiva était adoré sous le nom de Mahâkâla. Fervent adorateur de ce dieu, et voué, ainsi que l'indique son nom, au culte de Kâli, compagne de Civa, le poète s'est complu à glorifier le couple destructeur. Il a célébré les amours des deux divinités et la naissance de leur fils Kârtikêya, le dieu des combats.

Quant au *Meghadoûta* ou « Nuage messager », le plus connu, en France, des poëmes de Kâlidâsa, c'est une œuvre d'imagination purement descriptive et élégiaque. Un génie, préposé à la garde des jardins du dieu des richesses, a oublié ses devoirs. Uni à une nymphe céleste et absorbé par les premiers enivrements de l'amour, il laisse pénétrer l'éléphant d'Indra dans les merveilleux jardins. On se figure les ravages qu'y peut faire un éléphant, surtout celui d'Indra. La punition ne se fait pas attendre; le serviteur négligent est exilé seul sur le sommet d'une montagne. Un jour, apercevant un nuage au-dessus de sa tête, il l'apostrophe, le charge d'un message auprès de celle qu'il regrette nuit et jour, et lui indique la route à suivre pour se rendre vers la bien-aimée. Sur ce thème poétique et bizarre, imprégné d'un parfum oriental, l'auteur a brodé les variations les plus ingénieuses. On est frappé de la manière exacte dont il connaissait la mythologie et la géographie de son pays; l'érudit double le poète, dont le trait fin et délicat, le coloris suave et brillant révèlent à chaque ligne l'auteur de Sakountalâ.

Analyser un chef-d'œuvre est toujours une tâche difficile. On tremble d'y porter une main maladroite, et de ne pas savoir faire goûter aux autres les beautés qui vous ont ému. Puisse l'esquisse rapide que nous allons tenter inspirer, à ceux qui veulent bien nous lire, le désir de connaître Sakountalâ!

Le premier acte se passe sur les bords de la Malinî, rivière de fantaisie, qui ne figure sur aucune carte géographique, et n'est autre que le Gange céleste; ces libertés sont permises aux poètes. Le roi d'Hastinapoura [1], Douchmanta, poursuit à travers les bois une antilope si rapide, « qu'elle vole plutôt qu'elle ne court sur la terre. » Le cocher presse les rênes du char; tout frémissant de l'ardeur de la chasse, Douchmanta ajuste ses flèches; il va atteindre enfin l'animal tombé de lassitude, lorsque deux ermites accourent et supplient le roi d'épargner cette gazelle noire. L'ami d'Indra s'empresse d'accéder à cette prière et veut même saluer les pieux solitaires. Mais, au moment d'entrer dans l'ermitage, il s'arrête discrètement; un spectacle, qu'il n'oubliera pas de sitôt, vient frapper ses yeux. Sous un bosquet de jasmins en fleurs et d'asôkas odorants, trois jeunes filles sont occupées à des travaux de jardinage.

1. Hastinapoura, « ville des Eléphants, » capitale des Etats du roi Douchmanta.

Elles peuvent compter de douze à quatorze ans, âge où la beauté des Indiennes est dans tout son éclat. Ces filles d'ermites jouent avec l'arrosoir, qu'elles balancent dans leurs mains délicates ; elles se taquinent par des propos malicieux : c'est le babil de l'oiseau, la naïveté joyeuse de l'adolescence, l'abandon gracieux de trois amies heureuses de vivre et d'être ensemble. Elles se croient seules et ne pensent guère être épiées par un visiteur illustre. Sakountala se plaint naïvement d'être gênée sous son vêtement d'écorce. « Accuses-en la jeunesse qui développe la rondeur de ton sein, » lui répond sa compagne, et d'un geste prompt elle relâche les nœuds trop serrés. Le roi prend plaisir à regarder ces gracieux badinages et ne perd rien d'une scène dangereuse pour son repos. Tout à coup le groupe charmant est effrayé par une abeille qui veut absolument s'en prendre au visage de Sakountalâ. On lui conseille en riant d'appeler Douchmanta, sous la garde duquel sont les bosquets des ermites. L'occasion est belle pour se montrer ; le roi n'y résiste pas. Il se donne pour un envoyé du grand monarque. Priyamvadâ et Anasoûyâ [1] l'accueillent à merveille ; mais Sakountalâ se tient à l'écart toute pensive. Ses amies la raillent un peu de ce trouble venu si subitement ; elles s'empressent de conter au prince que leur compagne n'est pas la fille de l'ermite Kanwa, mais le fruit des amours d'un roi et d'une nymphe : « Jadis les dieux s'inquiétèrent des austérités du sage Kaucika, et alors que commençait le printemps, ils lui envoyèrent la belle Ménakâ... »

La fin de l'histoire est embarrassante, le roi l'épargne délicatement aux jeunes étourdies.

« Le reste se devine, dit-il en souriant, la conduite des nymphes est toujours la même. » Au fond, il est ravi de ce qu'il vient d'apprendre. Le temps s'écoule vite

1. Ces noms signifient, le premier : « celle qui dit des choses agréables », et le second « celle qui ne dit jamais rien de blessant. »

dans ces agréables propos; mais la disparition d'un souverain ne peut rester inaperçue; les gens de la suite, inquiets de l'absence du roi, envahissent la forêt consacrée, et Douchmanta, qui ne veut pas quitter l'incognito, se hâte de prendre congé des trois amies. Comment expliquer les ruses et les replis du cœur féminin? Sakountalâ, tout à l'heure si pressée de retourner à l'ermitage, s'attarde maintenant derrière ses compagnes, elle feint d'accrocher à une branche sa tunique d'écorce, et se retourne pour lancer au roi un regard qui n'a rien de décourageant. Cette héroïne indienne ne fait-elle pas penser à la Galatée de Virgile, « *qui fuit vers les saules, mais qui veut auparavant être vue?* »

Le second acte commence par un monologue fort gai et fort spirituel. Le bouffon Mâdhavya se plaint beaucoup de la passion de Douchmanta pour la chasse; il énumère tous les ennuis d'un pauvre courtisan obligé, quoiqu'il en ait, de suivre son maître. Molière s'est plu à retracer, dans la *Princesse d'Élide* un caractère qui rappelle celui de Mâdhavya [1]. Ce brahmane est le plus malheureux des hommes, car il préfère à tout la bonne chère et le repos. Le portrait nous semble peu flatté; il est vrai que les poètes ne se gênent guère à l'occasion pour lancer un trait malin contre les brahmanes. Mais voici Douchmanta dans toute la splendeur royale. Il est environné d'un cortège de femmes Yavanies [2], étrange garde d'hon-

1. *Princesse d'Elide*, acte I, scène II. Comparer les plaintes de Moron à celles de Mâdhavya.

2. Le nom de Yavana est employé par les anciens Indiens pour désigner les barbares de l'Occident, et plus spécialement les Arabes et les Grecs. Dans une note de sa traduction du drame intitulé *Vikramôrvaci*, qui est aussi de Kâlidâsa (acte V, p. 261), Wilson dit qu'on peut appliquer le nom de Yavani, féminin de Yavana, aux femmes de la Tartarie et de la Bactriane. M. Aubaret, consul de France à Bangkok, dans une visite au roi de Siam, en 1861, a vu un corps de jeunes amazones, portant fort bien le mousquet, auxquelles est confiée la garde de la résidence royale. Nizam-Ali, l'un des derniers princes de la dynastie mongole, avait deux bataillons de sipahis,

neur qui avait jadis, dans l'Inde, le privilège de veiller sur les rois. Aujourd'hui encore ces amazones sont en fonction à la cour du roi de Siam.

Le descendant de Pourou ne songe plus à chasser la gazelle ou l'éléphant; il ne peut parler d'autre chose que de la rencontre du bosquet, et dépeint avec feu les charmes qu'il a entrevus un instant :

« Fleur dont le parfum n'a pas été respiré, tendre bouton qui n'a pas été détaché avec les ongles, perle intacte, miel nouveau dont la saveur n'a pas été goûtée, beauté sans défaut, qui est comme la récompense sans réserve des bonnes œuvres, je ne connais pas le possesseur que lui donnera le destin [1] ! »

Cette dernière phrase trahit la pensée

composés de deux mille femmes accoutumées aux exercices militaires. Elles étaient avec Nizam-Ali à la bataille de Kourdlah, en 1795, où elles se conduisirent tout aussi bien que le reste de l'armée.

1. Traduction de Ph. Ed. Foucaux, publiée dans la collection Janet. Paris, 1867.

qui préoccupe le roi, et son confiden répond sans scrupule. Il félicite déjà s maître « d'avoir fait un jardin de plaisance du bois consacré aux mortifications, » mais Douchmanta a toute la timidité d'un amant sincère ; il hésite ; il se rappelle le dernier regard de Sakountalâ, et n'ose se croire payé de retour. Va-t-il rentrer dans sa capitale où l'appelle la reine-mère ? Essayera-t-il de revoir celle dont l'image remplit son cœur ? Le destin tranche la question. Depuis que le vénérable Kanwa est parti en pèlerinage, des Rakchas troublent, chaque nuit, les anachorètes. On supplie le roi de prendre sous sa protection la retraite consacrée ; il n'y a plus à balancer. Mâdhavya ira excuser Douchmanta auprès de la reine-mère ; le devoir du prince est de se rendre à l'ermitage. Nous l'y trouvons installé au troisième acte ; sa présence a fait merveille et a mis en fuite tous les vampires, car Douchmanta dispose d'une grande puissance ; il descend directement du dieu Lunus. Les Indiens opposent volontiers cette race royale à une autre race issue du soleil. Racine ne soupçonnait pas ce rapport avec la mythologie grecque lorsqu'il faisait dire à Phèdre :

Et toi, sacré soleil dont je suis descendue.

Un siècle devait s'écouler avant la naissance des études sanscrites, et, quand il plaçait dans l'Inde sa tragédie d'*Alexandre*, le grand poète n'avait pour guide que les historiens grecs ou latins.

Mais si les vampires ont disparu, d'autres maux sont venus fondre sur l'ermitage. Nous revoyons les trois amies, assises sur les bords de la Mâlinî, au milieu des lianes et des roseaux. Hélas ! la gaieté insouciante s'est bien vite envolée ! plus de jeux malicieux, plus de mutineries enfantines ; un secret sépare ces âmes si étroitement unies. Toute languissante, la belle Sakountalâ est couchée sur un banc, tandis que ses amies l'éventent avec des feuilles de palmier et s'efforcent de rafraîchir ce corps charmant brûlé par la fièvre. Est-ce vraiment un coup de soleil qui l'a mise en cet état ?— Non.— Est-ce une peine que ses compagnes d'enfance ne puissent adoucir ?

Pressée des plus tendres questions, la fille de Kaucika avoue son amour pour le roi ; le torrent d'une passion contenue déborde chez cette nature fière et timide. « Ah ! s'écrie-t-elle en se tournant vers ses amies, s'il ne m'aime pas, jetez sur moi, sans retard, l'eau funéraire avec les graines de sésame [1] ! » Priyamvadâ et Anasouyâ se consultent, pleines d'inquiétude. Avec quelle rapidité l'amour est venu envahir le cœur de cette adolescente, qui ne connaissait d'autre plaisir que de soigner des fleurs ou de caresser un daim favori ? Heureusement Douchmanta n'est pas loin, et il a tout entendu. En le voyant paraître, Sakountalâ jette un cri de chaste alarme digne d'une vierge chrétienne. Les compagnes discrètes sont parties ; la jeune Indienne repousse l'amant

1. « Sesamum indicum. » On employait la graine de sésame dans les cérémonies funéraires.

pour lequel elle voulait mourir, et, d'une main tremblante, se défend contre les caresses entrevues dans des rêves agités. Mais le roi sait combien il est aimé ; pourquoi Sakountalâ ne consentirait-elle pas à un mariage secret, dont les rois et les guerriers ont le privilège [1] ?

Douchmanta prie à genoux ; il est bien près de commander en maître. La jeune fille ne répond rien ; soudain elle se redresse ; fièvre et langueur ont disparu. « Adieu ! s'écrie-t-elle, en fuyant comme une gazelle blessée ; bosquet de lianes qui m'as enlevé ma souffrance, adieu, mais avec l'espoir de jouir encore de ton ombrage ! »

Elle ne tardera pas à se laisser fléchir. En effet, à l'acte suivant, l'union du descendant de Pourou et de la fille de Kaucika est un fait accompli. Elle passe comme un éclair, cette lune de miel enivrante. Pourquoi les rois ne peuvent-ils se faire ermites ?

1. Le consentement mutuel des deux amants suffit pour légitimer ce mariage à la manière des Gandharvas ou musiciens du ciel d'Indra.

Après avoir prodigué à sa bien-aimée les promesses les plus rassurantes, Douchmanta retourne gouverner ses peuples. Bientôt on viendra chercher Sakountalâ pour la conduire au palais ; elle sera saluée reine et possédera seule les affections de son époux. Mais les jours, les mois s'écoulent ; pas une lettre, pas un message n'est venu de la ville d'Hastinapoura ; Sakountalà pleure nuit et jour, car elle porte dans son sein le gage de cet amour si vite oublié. Il ne faudrait pourtant pas trop se hâter de condamner le roi. La jeune épouse, dans l'ivresse de sa passion, a négligé de rendre à un sage puissant nommé Dourvâsas, les hommages qui lui étaient dus. L'ermite vindicatif jure de se venger et jette une malédiction sur ce couple, dont il enviait peut-être la félicité. Désormais Sakountalâ sera bannie des pensées du roi, comme si jamais elle ne les eût occupées. La vue d'un anneau, que Douchmanta a mis au doigt de son amie, fera seule cesser cette terrible malédiction. Kâlidâsa pouvait, à la rigueur, se dispenser d'aussi grands moyens, et ne pas faire intervenir le surnaturel dans une chose aussi simple. Le sévère Bharata lui-même n'y eût rien trouvé à redire. Mais le poète voulait une excuse à un amant comme Douchmanta, pour son ingratitude envers une héroïne telle que Sakountalâ. Sachons-lui gré de ce scrupule, que tous les auteurs, même Indiens, n'auraient pas eu à sa place.

Kanwa est de retour à l'ermitage, et, grâce au don de seconde vue, il sait tout ce qui s'est passé en son absence. « Sakountalâ partira aujourd'hui même pour rejoindre le roi, » telle est la décision du sage. Ici le drame prend la forme d'une tragédie antique ; plus de réparties bouffonnes, plus de peintures voluptueuses, tout est noble et touchant comme un récit de la Bible ou d'Homère. Sakountalâ arrive sur la scène, entourée des femmes ermites ; on la revêt d'une robe de lin ; le riz consacré et les offrandes propitiatoires sont apportés avec de superbes bijoux. Au milieu de leur chagrin, les femmes ont un sourire pour les parures. L'auteur ne peut dépouiller entièrement son caractère; dans les circonstances les plus graves, il reste un malicieux observateur. Le sacrifice est offert; Sakountalâ fait trois fois le tour du feu sacré; elle adresse ensuite ses adieux à tout ce qui l'entoure; aux compagnes de son enfance, à la liane qu'elle a plantée, au daim qui bondit dans la forêt, au kokila qui chante sous le feuillage. Kanwa bénit sa fille adoptive avec toute l'autorité que lui donne le titre de précepteur spirituel :

« Ma fille, dit-il, c'est à toi maintenant qu'il faut donner des conseils : quoique habitants de la forêt, nous connaissons les affaires du monde. Ecoute tes supérieurs avec respect, conduis-toi comme une amie envers les femmes, tes compagnes. Maltraitée par ton mari, ne sois pas pour cela indocile par colère; sois toujours bienveillante pour les serviteurs, sans orgueil dans la prospérité. Les jeunes femmes arrivent ainsi à la dignité de maîtresse de maison; celles qui agissent autrement font le malheur de la famille. »

Ne croirait-on pas entendre un patriarche

de la Bible ? Puis tout à coup, dans un lyrisme inspiré, le solitaire prophétise l'avenir : « il voit Sakountalâ, aujourd'hui dédaignée par son époux, reine puissante et mère d'un guerrier sans égal ; alors elle viendra revoir l'asile de sa jeunesse et poser encore ses pieds sur le sol du paisible ermitage ! »

La caravane se met en marche ; la tunique blanche de Sakountalâ a disparu sous les arbres, et tous les habitants de la forêt demeurent plongés dans la tristesse. Seul, Kanwa éprouve la satisfaction du devoir accompli.

Nous voici maintenant bien loin de l'austère retraite ; nous sommes dans le palais d'un monarque asiatique. Quelle est cette mélodie passionnée qui vient frapper l'oreille ? C'est la reine Hansapadikâ qui s'efforce de réveiller un caprice du maître. Mais les plaisirs du harem laissent le jeune prince distrait et rêveur. Il songe sans cesse à je ne sais quelles félicités divines qu'il croit avoir entrevues dans une existence antérieure. Au milieu de ces dispositions mélancoliques, on lui annonce l'ambassade de Kanwa. Les ermites expliquent au roi leur message, tandis que Sakountalâ, toute palpitante, ramène autour d'elle les plis de son voile. Les menaces de Dourvasas s'accomplissent de point en point ; le roi manifeste le plus grand étonnement :

« Quoi ! cette dame ici présente a été épousée par moi autrefois ? » dit-il avec l'accent du doute.

Vainement le voile qui recouvre la jeune femme est enlevé : la vue de celle qui s'est donnée avec tant de simplicité n'éveille aucun souvenir dans cette âme endormie.

Devant l'ingrat qui la renie, Sakountalâ reste accablée. « Ah! s'écrie-t-elle avec amertume, lorsqu'un pareil amour en est arrivé là, à quoi bon le rappeler ? » Mais cette défaillance ne dure qu'un instant ; elle se justifiera pour son enfant. Les larmes s'arrêtent dans ses yeux irrités ; elle cherche à son doigt l'anneau qui va la faire reconnaître..... il a disparu, et le roi ose accuser d'imposture cette mère outragée ! La cour est là, émue et attentive ; peu importe à Sakountalâ. Avec quelle éloquence furieuse elle apostrophe son séducteur : « Homme sans honneur, tu juges ici avec ton cœur. Quel autre, en ce moment, imiterait ta conduite, à toi qui, semblable à un puits caché sous l'herbe, te recouvres du manteau de la vertu ? Malheureuse! qui, sous la foi d'un serment, suis tombée entre les mains de ce descendant de Pourou, qui a du miel aux lèvres et du poison dans le cœur ! »

L'amant reste impassible, et le souverain finit par s'irriter de cette insistance. Les anachorètes refusent de reconduire à l'ermitage une fille déshonorée. Seul, un brahmane compatissant offre de recueillir chez lui l'infortunée que tout le monde abandonne. Il l'emmène à demi évanouie ; mais une flamme, ayant la forme d'une femme, enlève l'épouse méconnue, et disparaît avec elle dans les airs. On le devine, c'est Mênakâ. La tendresse protectrice d'une mère veille encore sur Sakountalâ ; ce cœur brisé trouvera dans les régions célestes le repos et l'apaisement des douleurs humaines.

Ici, les événements se précipitent et l'action semble se compliquer. On apporte à Douchmanta l'anneau dont la perte a causé tant de trouble, et la mémoire lui revient immédiatement en voyant cette précieuse bague qu'un pêcheur a trouvée dans le ventre d'un poisson. Un chambellan nous apprend « que le bouton du manguier ne produit pas sa poussière ; que les fleurs du kouravaka ne s'épanouissent plus ; que la voix des kokilas hésite dans leur gosier ; que la fête du printemps est suspendue, et que le chagrin royal met toute la nature en deuil. » C'est pousser l'adulation un peu loin, même pour un courtisan. « Parfois même, » continue à voix basse le chambellan, « la tête du roi s'égare ; s'il veut adresser des paroles polies à ses femmes, il se trompe, et le nom de Sakountalâ s'échappe de ses lèvres. »

Kâlidâsa affectionne cette image, que nous retrouverons dans Vikramorvasî. En effet, rien n'exprime mieux les agitations d'un cœur troublé.

Le malheureux prince arrive dans les jardins de plaisance, la tête nue, l'œil fixe et voilé par l'insomnie. Il s'assied sous un bosquet avec ses tablettes à peindre. La seule occupation qui puisse le distraire est de retracer les traits de sa bien-aimée ; la rivière Malinî, les cimes de l'Himâlaya, les deux fidèles amies, et jusqu'à l'abeille insolente, tout est reproduit avec la plus scrupuleuse exactitude. Dans son imagination en délire, le roi prend l'illusion pour la réalité, et il s'adresse à l'abeille qui veut piquer le beau visage de la jeune fille : « Mouche à miel, si tu touches à la lèvre de mon amie, rouge comme le fruit du Vimba, cette lèvre séduisante comme le bouton d'un jeune arbrisseau, dont j'ai goûté la douceur avec ivresse dans les fêtes de l'amour, je ferai de toi une prisonnière dans le calice d'un lotus. » Avec quel rare bonheur l'image un peu vive est ici sauvée par la délicatesse de l'expression ! le poète devient chaste à force d'élégance.

Mais Douchmanta est rappelé à des sentiments plus en harmonie avec son caractère guerrier. Mâtali, le cocher d'Indra, vient chercher le roi pour combattre une troupe de géants qui font la guerre aux dieux. Dans l'*Iliade*, Automédon, fils de Diore, est le conducteur des coursiers d'Achille, et devient plus tard l'écuyer de Pyrrhus. A la cour des princes indiens, les cochers remplissaient aussi les fonctions d'écuyers, et Mâtali, attaché à la personne d'un dieu, est un très-grand personnage.

Au septième et dernier acte, nous voyons le roi descendre du Swarga [1] et planer au-dessus de l'Himâlaya. Le guerrier se félicite de l'accueil qu'il a reçu du maître des dieux. Indra n'est pas moins satisfait de la vaillance du roi dont les flèches ont détruit toute la troupe des Asouras. Tandis que le char céleste flotte dans les nuages, le roi aperçoit ses Etats comme un point dans l'espace. Le mont Hêmakou-

1. Paradis d'Indra.

ta [1] frappe aussi ses regards : c'est le champ de perfection des ascètes, la demeure de Kâcyapa, petit-fils de Brahma. Douchmanta veut s'arrêter et faire un salut respectueux au saint personnage. Le texte dit même qu'il veut tourner autour de lui en présentant le côté droit.

Chose bizarre! les mêmes superstitions se retrouvent chez les nations les plus diverses. Walter Scott raconte, dans *Waverley,* que les plus vieux d'entre les montagnards tournent ainsi trois fois autour de ceux à qui ils veulent du bien.

En attendant le loisir du bienheureux, Douchmanta regarde un enfant de trois à quatre ans, qui s'ébat avec un lionceau. L'imprudent a de singuliers passe-temps; il veut absolument plonger sa main dans la gueule du jeune lion pour compter ses dents. Douchmata éprouve un vif intérêt pour cet enfant qui ne connaît pas la crainte. Il lui prend la main et découvre

1. Montagne des musiciens du ciel. Ce nom signifie : Sommet d'or.

les doigts palmés, signe distinctif des descendants de Pourou [1]. Cette fois, plus de malédiction pour aveugler le roi. Avec quel transport il serre l'enfant contre sa poitrine! Le fils va ramener le père dans les bras de la mère. Sakountalâ paraît, ses longs cheveux sont réunis en une seule natte, à la manière des veuves; elle a gardé sa foi, sa douleur et ses souvenirs. Va-t-elle repousser celui qui l'implore maintenant? La vengeance est si douce pour un cœur de femme blessée! Mais non; l'amour vrai est au-dessus des calculs et des mesquineries de l'orgueil; l'amante délaissée se souvient seulement des jours heureux, et, sans une plainte, elle ouvre ses bras au coupable. Tout s'éclaircit pourtant. L'héroïne méritait d'entendre de la bouche du sage Kâcyapa la réhabilitation du roi. Le bienheureux paraît dans les airs, sur un trône resplendissant, et le rideau se ferme

1. Les doigts palmés, jusqu'à la première phalange, sont un pronostic de grandeur. Le Bouddha et Râma se distinguent par ce signe.

sur cette apothéose. Ainsi finit *Sakountalâ,* création délicate, que le génie seul a pu révéler à un poète païen, noble et touchante figure qui a toutes les pudeurs de la jeune fille, toutes les énergies de la mère, tous les dévouements de l'épouse.

L'auteur aimait sans doute les contrastes ; à Sakountalâ, l'héroïne du devoir, il oppose la nymphe Ourvasî, créature bizarre et capricieuse comme l'Ondine ou la Willis, sylphide vagabonde, qui s'envole vers le ciel pour charmer les dieux, ou descend sur la terre ravir le cœur des mortels. Elle est bien charmante cette Ourvasî, pour la fille d'un vieux solitaire refroidi par la pénitence et la lecture du Véda ; il est vrai que sa naissance n'a pas eu lieu dans les circonstances ordinaires. Rien n'égalait les austérités du sage Nârâyana. La faculté qu'ont les ascètes de se mettre au-dessus des dieux inquiète souvent Indra et lui donne de l'ombrage. Jaloux de Nârâyana, il envoya vers lui les plus belles nymphes célestes, escortées de l'Amour et du Printemps. C'était plus qu'il n'en fallait pour causer la chute de bien des solitaires; mais le saint, fort de sa vertu, prit une fleur, la mit sur sa cuisse, et aussitôt naquit une nymphe dont la beauté éclipsa les charmes de toutes ses compagnes [1].

Le drame se passe dans les plus merveilleuses solitudes du monde. Kâlidâsa place volontiers l'Himâlaya au fond de la scène; ses héros effleurent, en descendant du ciel, les pics orgueilleux qui défient la science courageuse et la curiosité intrépide. L'imagination du poète se venge de la faiblesse humaine.

Lorsque le drame commence, Ourvasî vient d'être enlevée par un Dânava [2], et les nymphes éplorées poussent de grands cris. Heureusement Pourouravas, roi de Pratichthâna [3], passe à travers la montagne en revenant de visiter le soleil. Sur la prière

1. Elle fut appelée Ourvasi, du mot « ourou, » qui signifie cuisse.

2. Géant de la famille des Asouras ou ennemis des dieux.

3. Pratichthâna, ville située sur la rive gauche

des Apsaras [1], il s'élance à la poursuite du ravisseur. Vaincre un misérable Dânava est jeu d'enfant pour le héros, et, au bout de quelques instants, il ramène Ourvasî que la frayeur a fait évanouir. Déjà le roi est sous le charme d'une rencontre si romanesque; Ourvasî fait un mouvement, « ses grands yeux s'ouvrent comme un bouquet de lotus à la fin de la nuit, » et se fixent, pleins de tendresse, sur son libérateur. La nymphe retourne au ciel avec ses compagnes, mais Pourouravas reste sur la terre à maudire son sort. Il se soulage en contant ses douleurs au brahmane Mânavaka. Décidément les confidents de Kâlidàsa sont tous taillés sur le même modèle. Celui-là ne vaut pas mieux que Mâdhavya; il flatte les passions du maître et aurait, à l'occasion, ces complaisances que

du Gange et dont on voit les ruines vis-à-vis d'Allahabad.

1. Apsara est, en sanscrit, le nom des nymphes célestes. Ce nom, qui signifie « qui va sur l'eau, » semble indiquer qu'elles ont la même origine que Vénus.

les Grecs prêtaient à Mercure. Tandis que Mânavaka s'ingénie à trouver un moyen de réunir les deux amants, Ourvasî descend sur la terre dans un char aérien. « Comment, lui dit sa compagne Tchitralêkha, avec l'accent du reproche, c'est auprès du sage roi Pourouravas que tu te rends ! »

Ourvasi. — C'est mon dessein, en ne tenant guère compte de la modestie.

Tchitralêkha. — Mais qui donc a été envoyé d'abord par mon amie ?

Ourvasi. — Mon cœur, en vérité.

Tchitralêkha. — Cependant il faudrait réfléchir.

Ourvasi. — L'amour commande ; à quoi bon réfléchir ?

Tchitralêkha. — A cela je n'ai plus rien à dire [1].

En effet, l'argument est sans réplique, bien que la démarche soit un peu hardie, et que la belle Ourvasî ait un singulier ambassadeur. A peine s'est-elle fait recon-

1. Traduction de Ph. Ed. Foucaux.

naître du roi, qu'on vient la chercher de part du maître des dieux. Elle doit jouer un rôle dans une composition dramatique du sage Bharata. Il faut obéir : le métier d'actrice est parfois bien ennuyeux. Mais la nymphe a laissé derrière elle un brandon de discorde. Ne s'est-elle pas avisée d'écrire au roi sur une feuille de hêtre que le vent malicieux dépose aux pieds de la reine Ausinarî ?

Nous avons une scène de jalousie conjugale assez piquante. En présentant ce billet doux au prince, le langage ironique de la reine trahit une sourde colère. L'époux se défend fort mal, et, ne sachant plus que dire, il prend le parti de se jeter à genoux. Les choses se passaient, il y a deux mille ans, sur les bords du Gange, exactement comme aujourd'hui chez nous.

« Trompeur ! s'écrie la reine offensée, je ne suis pas, en vérité, assez crédule pour accepter cet hommage ; je me défie de vous, au contraire, devenu si humble et si repentant. » Et, sans vouloir en écouter davantage, elle s'éloigne fièrement.

Le roi se relève tout confus : « Ami, dit-il à son confident, vois ; l'hommage rendu à une personne qui vous est chère, s'il n'est pas sincère, ne touche pas plus le cœur des femmes qu'une pierre fausse artistement colorée ne trompe un lapidaire. »

Mais voici le jour qui s'enfuit ; les frais rayons de la lune succèdent au soleil brûlant ; toutes les créatures savourent cette heure de trêve et de bien-être. Nous sommes dans les jardins royaux, devant le palais de la Perle. Pourquoi ce beau décor n'est-il qu'une agréable fiction ? On voudrait voir ce palais étincelant que réfléchissent les eaux sombres de la Yamouna, et ce magnifique escalier de cristal où se groupent le roi et toute sa suite. Pourouravas vient rêver sous les bosquets, et nous ne tardons pas à voir Ausinarî, dont la réflexion a modifié les idées. Elle consent à s'effacer devant une rivale. Les femmes de l'Occident ne comprennent pas l'amour de la même façon, et elles ont le droit de considérer comme une lâcheté ce qui est un dévouement dans les mœurs orientales. Le roi est si touché qu'il semble vouloir retenir Ausinarî ; la nymphe, cachée sous un voile divin, entend tout, et à son tour elle tressaille de jalousie. Pauvre Ourvasî ! elle s'est troublée en jouant la comédie devant Indra ; le nom de Pouroura vas est sorti de sa bouche au lieu de celui du héros de la pièce ; Bharata l'a maudite, mais le maître des dieux, plus indulgent, l'envoie sur la terre, près de celui qu'elle aime.

Aussitôt que l'épouse est partie, la nymphe s'avance sur la pointe du pied ; elle veut surprendre son amant, et d'un geste folâtre couvre avec sa main les yeux du roi. Rappelons-nous, dans Sakountalâ, la scène d'amour du troisième acte ; c'était la passion dans toute son énergie ; ici c'est la volupté dans toute sa grâce. Kâlidâsa est un maître qui sait rendre les nuances les plus diverses. Quel contraste entre les allures coquettes de cette nymphe et l'émotion profonde de la fille de Mênakâ ! Ce n'est plus cette enfant timide, élevée dans la solitude, vierge naïve qui cède à regret et immole sa vertu aux ardeurs d'un amant : Ourvasî est une courtisane du ciel qui fait métier de séduire et de plaire. Aucun artifice ne lui est étranger ; pour accourir au rendez-vous, elle a mis son plus beau vêtement de perles et de saphirs. Sans nul regret elle a dit adieu au séjour des immortels. Que son amant ne craigne rien : l'amour saura bien lui faire oublier les félicités divines [1]. La suite s'est retirée; tout se tait, sauf la brise qui agite les roseaux de la Yamouna et le rossignol indien qui soupire un chant plaintif [2]. Les

1. Avant de quitter Ourvasî pour retourner au ciel, la nymphe Tchitralêkha invite le roi à faire en sorte que son amie ne regrette jamais d'être sur la terre. Le bouffon Mânavaka, avec son esprit grossier, s'étonne alors qu'on se soucie d'un séjour où l'on ne peut ni manger ni dormir. Les dieux, en effet, ne dorment pas, et ils ne mangent pas parce que la vue seule de l'ambroisie suffit pour les nourrir.

2. Le kokila (coucou indien) dont le chant, suivant les poëtes, inspire des émotions douces et tendres.

flambeaux s'éteignent : une nuit claire et parfumée prête seule sa douce lumière aux deux amants ; le héros saisit la nymphe et l'entraîne vers le palais.

Il faudrait en rester sur ce frais tableau pour ne pas perdre nos illusions. Tout a bien changé au quatrième acte. Les Apsaras sont, comme les mortelles, sujettes à des caprices jaloux, et la nymphe a pris ombrage des attentions du roi pour une jeune sylphide [1] de la rivière Mandakinî. Sans vouloir rien entendre, Ourvasî disparaît et va se réfugier dans le bois de Koumâra [2] « que toute femme doit éviter ». A l'instant même elle est changée en liane, métamorphose qui est l'une des plus sévères punitions que les dieux puissent infliger aux créatures raisonnables [3]. Décrire le désespoir du roi est chose impossible ; ses lamentations remplissent tout le quatrième

1. Fille d'un Vidyâdhara ou habitant des airs.

2. L'un des noms de Kârtikêya, le dieu de la guerre.

3. Voyez *Manou,* liv. XII, st. 58.

acte. Nuit et jour il erre dans la forêt maudite; tantôt, furieux comme Roland [1], il poursuit un Rakchas imaginaire qui emporte Ourvasî ; tantôt, sous l'empire d'une mélancolie plus douce, il apostrophe les animaux de la forêt et leur demande des nouvelles de sa bien-aimée. Il maudit la destinée, qu'il accuse de tous les maux qui fondent sur lui. Mais les dieux ont pitié de cet amant désolé; il a le bonheur de découvrir une pierre rouge produite par la couleur des pieds de la déesse Gauri [2] ; c'est le joyau de la réunion. Soudain le corps de la nymphe se dégage des branches entrelacées, et Ourvasî, retrouvant sa forme première, vient tomber dans les bras de son époux. La voilà, il faut l'espérer, corrigée pour jamais.

Ce quatrième acte est unique en son

1. Comparez l'Arioste.

2. La déesse Gauri, plus connue sous le nom de Kâli, épouse de Çiva et fille d'Himala, souverain des montagnes neigeuses, c'est-à-dire de l'Himalaya. Cette déesse, comme la plupart des femmes indiennes, a les pieds teints avec de la laque.

genre. Aucune pièce indienne n'offre cette couleur lyrique et mélo-dramatique. Les paroles sont arrangées d'après des rhythmes musicaux appropriés au chant et la mimique est soigneusement indiquée.

Plusieurs années se sont écoulées lorsque commence le cinquième acte, ingénieux épilogue, destiné à nous présenter le jeune Ayous, fruit des amours d'Ourvasî et de son amant. En permettant à l'Apsara de s'échapper du ciel, Indra y avait mis une condition expresse : le jour où la nymphe aurait un fils, elle devait quitter la terre. Mais Ourvasî a su cacher sa maternité. Comment y est-elle parvenue ? C'est son secret et celui de Kâlidâsa ; n'en demandons pas davantage. Toujours est-il que le jeune Ayous semble digne du rang qu'il doit occuper, et ce serait grand dommage qu'il retournât avec les ascètes dans la forêt consacrée. L'exquise délicatesse du poète lui dicte une scène de reconnaissance des plus touchantes. Indra n'a pas la cruauté de séparer ceux qui sont si heureux. Désormais le couple royal sera à l'abri de toutes les épreuves, et le dernier mot de la pièce est un hymne de reconnaissance pour la bonté des dieux.

Sakountalâ ne nous avait pas complètement dépaysés. Dans ces mœurs et ces descriptions d'un climat extrême, nous retrouvions Paul et Virginie et la chaumière indienne. Vikramôrvacî nous arrache à toutes nos habitudes et nous jette dans un monde bizarre et fantastique. Mais l'originalité même de cette littérature n'en est-elle pas un des charmes les plus puissants ?

On a longtemps refusé à Kâlidâsa la paternité d'un troisième drame où Wilson, l'éminent orientaliste, prétendait ne pas retrouver les qualités de l'auteur de Sakountalâ et d'Ourvasî. Le savant professeur du collège de France, M. Foucaux, traducteur élégant qui vient de faire passer pour la première fois dans notre langue le drame de Mâlavika et Agnimitra, n'hésite pas à y reconnaître la main du maître. A l'en croire, ce serait une œuvre de jeunesse, fruit d'un talent qui cherchait encore sa voie; la conception n'est pas si ferme, le style a moins d'éclat que dans les autres compositions de Kâlidâsa, mais la finesse de l'observation, la justesse de l'expression s'y révèlent déjà.

C'est pour la fête du printemps que fut composée cette œuvre légère; ici, il ne s'agit plus de héros ni de divinités; nous sommes sur la terre, dans une de ces petites cours où s'agitaient tant d'intrigues. Il y a là un tableau curieux des mœurs orientales; c'est peint sur nature évidemment.

Un monarque asiatique beau et sensible, Agnimitra, s'éprend follement de Mâlavikâ, danseuse attachée au service de la reine Dhârinî, et, de son côté, la jeune fille, « brûlée par l'amour, s'incline comme une branche de jasmin fanée sur sa tige. » Le roi a pourtant beaucoup d'occupations; la première et la seconde reine n'abandonnent pas leurs droits à la tendresse d'un époux, et ces dames, qui ne sont pas toujours d'accord, se liguent contre une rivale redoutable. La réunion des deux amants sera difficile; c'est le nœud de toutes les péripéties de cette amusante comédie.

Le premier acte est rempli par les querelles de deux maîtres de danse, personnages vaniteux et grotesques, chargés d'enseigner leur grand art aux suivantes des deux reines. Ils se disputent au sujet des progrès de leurs élèves respectives; les échos de leur querelle arrivent jusqu'au roi qui décide, avec une malice où l'on sent la partialité de Kâlidâsa envers les ascètes, qu'on prendra pour arbitre la vénérable Kaucikî, favorite de la reine Dhârinî. Kaucikî est une religieuse bouddhiste qui connaît son monde et sourit avec indulgence aux taquineries royales; elle accepte, après s'être fait un peu prier pour la forme. Les deux maîtres devront faire comparaître, l'une après l'autre, leurs élèves qui danseront devant Leurs Majestés. La vénérable insiste pour que ces demoiselles soient aussi peu vêtues que possible, afin que l'on puisse juger de la perfection de leurs formes. La reine, qui voit le danger, trouve que sa favorite va trop loin, mais nous verrons plus tard que la religieuse a ses raisons pour parler ainsi. Mâlavikâ sort victorieuse de l'épreuve habilement inventée pour porter au comble la passion du roi.

Au troisième acte, nous le revoyons errant dans le jardin de plaisànce, éperdu, enivré, dans cet état charmant où les amoureux n'ont plus trop la conscience de leurs actes, et où les confidents deviennent d'une utilité indispensable. Celui d'Agnimitra a toutes les qualités de l'emploi. Gautama est plus servile, plus intrigant, plus fourbe, s'il est possible, que ses collègues Mânavaka et Madhavya; c'est le valet de la comédie italienne, qui, au besoin, saurait recevoir des coups de bâton. Kâlidâsa n'est pas plus favorable aux Brahmanes qu'aux religieuses bouddhistes. Il faut croire que, dans le milieu où vivait le poète, ces pieux personnages n'étaient pas à l'abri de tout reproche. Tandis que le roi se demande avec anxiété quand il reverra l'incomparable danseuse, un hasard complaisant amène Mâlavikâ dans le jardin de plaisance. La reine Dhârinî s'est foulé le pied en tombant d'une balançoire. Selon les poètes indous, l'asôka [1] ne voyait s'épanouir ses fleurs que s'il était touché par le pied d'une belle femme, et la jeune fille vient pour faire fleurir l'arbre à la place de sa maîtresse. Bakoulavalikâ, la fidèle amie de Mâlavikâ, accomplit minutieusement les rites consacrés. Avec de la laque rouge, elle trace des lignes sur le pied charmant qui va opérer le prodige, et passe autour des jambes les noûpouras [2] sonores prêtés par la reine Dhârinî pour la circonstance. L'amoureux, qui s'est jeté dans un bosquet de lianes, ne perd rien de

1. *Jonesia Asoka.* L'un dess plu beaux arbres de l'Inde.

« Le monde végétal offre peu 'arbres d un aspect aussi riche que l'asôka en pleine fleur. Il est à peu près de la hauteur d'un cerisier ordinaire; ses fleurs sont grandes, et présentent les plus belles teintes rouges, orangées ou d'un jaune pâle, suivant l'âge de la fleur. » W. Jones.

2. Anneaux pour orner les jambes et les doigts des pieds.

la scène, et, stimulé par son confident, il se montrera bientôt. Iravatî, la seconde reine, arrive à son tour, cherchant Agnimitra qui lui avait promis de la mener au pavillon de l'escarpolette ; mais demandez donc de la mémoire à un homme qui ne vous aime plus et qui en aime une autre. La reine, soupçonnant un mystère, se cache, pour épier Mâlavikâ, dans un autre bosquet qui se trouve là fort à propos. Cette triple action, ces personnages qui voient et entendent, invisibles pour tous autres yeux que ceux du spectateur, ne rappellent-ils pas la fin du cinquième acte du *Mariage de Figaro?*

La scène devient émouvante. Mâlavikâ déclare ingénûment à son amie sa passion pour Agnimitra ; ce n'est pas une héroïne comme Sakountalâ ni une nymphe céleste comme Ourvasî, c'est une fille de la terre qui cède pour la première fois à l'amour ; elle en mourra peut-être ; n'importe, elle ne veut pas guérir.

Cette fois, le roi n'y tient plus, et il s'élance au-devant des deux jeunes filles suivi du Brahmane qui est enchanté de la tournure que prennent les choses. Désormais, l'amant, qui se sait aimé, a perdu toute timidité, et il est temps qu'Iravatî intervienne. Ici, nouvelle scène de jalousie conjugale, plus accentuée que dans Vikramorvasî. La reine apostrophe avec véhémence l'époux infidèle et le conseiller d'intrigues amoureuses. Un mari français ne se défendrait pas mieux que cet Indien couronné d'il y a deux mille ans. Il ment, il flatte avec une effronterie sans égale ; son compère le seconde à merveille. Iravatî ne veut rien entendre; elle arrache sa ceinture pour en cingler le visage royal. C'est manquer un peu de dignité, mais les Indiennes sont si nerveuses ! Elles ont des colères d'enfant qui tombent vite et se fondent dans les larmes. La reine se vengera sur la pauvre Mâlavikâ.

A l'acte suivant, le roi demande au Brahmane comment va sa bien-aimée : « Comme une fauvette saisie par un chat, » répond Gautama. Elle est gardée à vue dans un cachot obscur et ne peut être délivrée que sur la présentation de l'anneau de la reine Dhârinî. Le souverain, amolli par les plaisirs du harem, ne sait que se lamenter; il n'est pas le maître, tant s'en faut, et il n'ose pas imposer sa volonté à des femmes vindicatives. Heureusement, son ami le Brahmane est là pour tout sauver. Le drôle tombe soudain chez la reine Dhârinî, devant le roi et la cour, jetant les hauts cris. En voulant cueillir un bouquet pour la reine, il a été piqué par un serpent dont la blessure est mortelle. Les dents du reptile ont laissé leurs marques sur cette main gonflée. Gautama frissonne; il manifeste tous les symptômes de l'empoisonnement. La mort va venir. Il implore la bienveillance de la reine en faveur de sa pauvre mère; il demande pardon au roi des offenses qu'il a pu commettre en le servant, et il sort, laissant tous les assistants aussi attendris qu'édifiés. Scapin est moins touchant dans la comédie de Molière, quand il demande pardon au seigneur Géronte des malheureux coups de bâton qu'il lui a donnés.

Le lecteur a deviné que tout cela n'était qu'une feinte. Peu d'instants après, on vient, de la part d'un médecin, demander un anneau avec la figure d'un serpent, pour le mettre sur le couvercle d'un vase d'eau qui servira à laver la plaie. Il n'y a pas de moyen de guérison plus efficace. La bonne reine, sans défiance, donne son anneau. L'habile fripon revient bientôt tout joyeux ; il a réussi, et Mâlavikâ, en liberté, attend le roi sur la terrasse.

Mon excellent, mon seul, mon véritable ami, s'écrie le roi, en embrassant le Brahmane, et il vole au rendez-vous. L'amie et le confident s'éloignent en gens bien élevés. Le roi supplie la jeune fille de prendre avec lui les manières de la liane atimouktaka qui s'attache avec persistance aux arbres qu'elle rencontre. Pudeur ou coquetterie, la jeune fille s'en défend un peu. Iravatî, qui ne s'est pas foulé le pied comme Dhârinî, et qui se promène beaucoup dans cette comédie, surprend encore les deux amants. Heureusement pour le roi, on vient l'avertir que sa fille aînée, la petite princesse Vasoulaxmî, en courant après sa balle dans les jardins, a rencontré un singe jaune qui l'a fort effrayée. « Bravo, singe jaune, s'écrie le brahmane, tu es venu bien à propos épargner des reproches à mon ami. »

Gautama se réjouit trop vite; Agnimitra n'y perdra rien, et Dhârinî le querellera à la place d'Iravati. Le gynécée est en révolution; ces dames sont résolues à ne pas rendre la vie douce aux deux amants. Au cinquième acte, tout se débrouille. On découvre que Mâlavikâ est la fille d'un roi voisin détrôné par un usurpateur qui vient justement d'être vaincu par les armées d'Agnimitra. Dans l'Inde ancienne, les princes exilés et errants n'étaient pas plus rares qu'aujourd'hui en Europe.

Soustraite à la fureur de ses ennemis par son institutrice Kaucikî, la jeune princesse s'était réfugiée dans le pays de Vidiça. Personne n'a soupçonné le secret qui liait les deux femmes; la religieuse, souple et insinuante, a su se rendre nécessaire à la reine. Si la pieuse ascète a surmonté ses répugnances pour vivre à la cour au milieu de la dissipation, c'est que jadis un saint personnage avait prédit, qu'après avoir été réduite à la condition de servante, Mâlavikâ trouverait un époux digne d'elle. Avec la patience indienne, Kaucikî a attendu, comptant, pour voir la prédiction s'accomplir, sur la sensibilité du monarque et la beauté de son élève.

En apprenant qu'elles ont maltraité une personne de si haute naissance, les reines regrettent leur conduite; elles ont cédé à un mouvement de colère et de jalousie qui est dans la nature humaine. L'asôka s'est couvert de fleurs, et Dhârinî doit une récompense à Mâlavikâ. Prenant par la main celle qui fut sa servante, elle la donne au roi pour épouse. « Ainsi, dit la religieuse, les femmes dévouées à leur époux lui sont agréables même par l'entremise d'une rivale, comme les rivières qui vont à l'Océan, en y conduisant aussi d'autres rivières. »

Nous voici revenus aux idées de soumission orientale. La paix, un instant troublée dans le gynécée, y va renaître, et, désormais, au lieu de deux reines, il y en aura trois.

N'accusons pas d'invraisemblance ces fictions ingénieuses. Ces héros si amoureux, ces héroïnes si charmantes, ne les retrouvons-nous pas dans la réalité?

Un soir, dans les bosquets de Fontainebleau, qui valent bien les jardins d'un râdja, le roi Louis XIV passait accompagné d'un de ses favoris. Tout-à-coup, une voix émue frappa les oreilles du monarque : c'était La Vallière qui confiait à l'amitié les prédilections d'un cœur trop tendre; et, aussitôt, comme Agnimitra, Louis jura de profiter du secret qu'il avait surpris. Mais ce que l'Orient admet, l'Occident ne peut l'accepter. Tandis que Mâlavikâ qui, au point de vue indien, ne viole aucune loi, jouit sans trouble et sans remords de sa haute fortune, La Vallière nous apparaît dans l'ombre d'une cellule, couverte d'un cilice, et pleurant comme la Madeleine, au pied de la croix qu'elle embrasse, sa faiblesse et son bonheur.

# III

Il y a dans le comté de Warwick une riante petite ville baignée par les eaux de l'Avon et à demi cachée sous le feuillage. Là est né William Shakespeare, le 23 avril 1564. Que le touriste qui vient faire un pèlerinage à Stratford s'incline respectueusement ! Ces sentiers fleuris ont été témoins des premiers jeux du poète, et plus d'un fruit suspendu aux arbres y fut dérobé par la main de l'espiègle écolier. Nous aimons à retrouver les plus faibles traces d'un homme de génie, mais notre curiosité est bien souvent déçue. La jeunesse de William reste enveloppée d'obscurité. Exerça-t-il vraiment le métier de garçon boucher, et n'y aurait-il pas quelque liaison secrète entre le couteau qui égorgeait les animaux des prairies de l'Avon et le poignard qui devait frapper Duncan ? Fut-il magister d'une école de village et vit-on l'auteur d'*Hamlet* faire la classe à des bambins indociles ? Nous savons seulement qu'à l'âge de dix-huit ans Shakespeare contracta un mariage aussi précoce que disproportionné ; mais le joug conjugal lui pesa légèrement, et, laissant son épouse à Stratford, il vint dans la capitale chercher fortune. Les circonstances servaient à merveille le jeune poète : une ère nouvelle se levait sur la Grande-Bretagne. A la tyrannie d'Henri VIII et de Marie Tudor succédait le règne d'Elisabeth ; avec l'apaisement des luttes religieuses et politiques naissait la prospérité du commerce, des sciences et des arts. Le pinceau d'Holbein immortalisait les grandes figures du siècle. Bacon jetait les fondements d'un système impérissable, et l'Angleterre allait bientôt porter sa puissance maritime jusque dans la patrie de Kâlidâsa [1]. « Cette

1. Etablissement de la Compagnie des Indes en 1602.

jeune société aspirait au bien-être matériel comme aux jouissances de l'esprit [1]. » Ce qui avait fait les délices des pères ne suffisait pas aux goûts plus délicats des fils. Robin Hood, le cheval de bois et la reine de Saba avaient perdu de leur prestige, et désormais, pour amuser la foule, il fallait autre chose que ces compositions désignées sous les titres vagues de *play*, *interlud*, *story* ou *ballad*. Ce fut alors que Shakespeare vint offrir à ses contemporains une œuvre régulièrement conçue, où l'intrigue se développait à travers d'émouvantes péripéties, et où les caractères étaient pris dans les mœurs et la vie même de l'homme.

Ce génie, qui découvrait ainsi des horizons si nouveaux, ne devait rien à personne, pas plus à ses rudes devanciers qu'aux élégants tragiques grecs. S'il a souvent emprunté le fond de ses drames, la forme lui appartient tout entière. Nul n'a été plus inégal et nul n'a osé davantage.

1. Guizot, *Vie de Shakespeare*.

L'art et la correction le préoccupent bien moins que l'étude du cœur humain. Qu'il nous esquisse à grands traits une époque historique, qu'il nous initie aux luttes poignantes de la vie intime ou nous jette dans le monde charmant des esprits et de la fantaisie, n'importe; cette puissance créatrice s'alimente aux sources de la réalité. C'est le secret du charme que Shakespeare exerce sur nous et des émotions qu'il nous communique. Chastes ou passionnées, gracieuses ou terribles, avant tout ses héroïnes sont vraies. Ne cherchons pas dans Shakespeare ces figures pâles et effacées, ces automates de cire qui se meuvent dans un cercle convenu; ce sont des femmes vivantes qui agissent, souffrent, rient, aiment ou haïssent. Qu'elles fassent frémir le spectateur par leurs crimes ou qu'elles le ravissent par leurs vertus, c'est toujours un portrait fidèle, tracé d'une main ferme et sûre. Il n'est pas jusqu'aux défauts du drame qui ne contribuent à mieux accentuer le type que le poète a conçu, et l'élan d'une imagination fougueuse ne l'écarte jamais du but qu'il veut atteindre.

Shakespeare n'a pas craint de sonder l'abîme des mauvaises passions féminines. Il nous a peint lady Macbeth plus ambitieuse que son époux, et les filles du roi Lear si monstrueusement dénaturées, que nous les supportons à peine au théâtre. Il voulait nous montrer ces créatures perverses plus hardies dans le mal que l'homme, parce qu'elles ont oublié leur caractère et leur mission naturelle. Aux yeux de Shakespeare, aimer est toute la destinée de la femme. Si les figures comme celle de lady Macbeth se détachent parmi tant d'héroïnes et saisissent plus fortement nos imaginations, c'est le privilège de l'étrange et de l'horrible; mais la tendresse a certainement mieux inspiré le poète que la haine. Lui qui sacrifiait encore au goût grossier de l'époque a trouvé, pour peindre l'amour, des délicatesses inouïes, et nul n'a mieux su rendre ce sentiment si complexe.

Est-il une figure plus touchante que celle d'Imogène, cette fille de roi qui s'est prise de passion pour un simple chevalier?

Au milieu des combats du peuple breton contre les légions romaines et des intrigues qui s'agitent à la cour du roi Cymbeline, Imogène passe comme une vision radieuse; c'est le souffle poétique qui anime tout ce drame. L'héroïne y est partout la grâce et l'innocence elle-même. La voici au second acte, étendue sous les draperies de sa couche solitaire ; elle dort à demi éclairée par le flambeau qui vacille; ses lèvres murmurent un nom chéri, et semblent sourire en songe à l'époux exilé. Un livre d'amour échappe aux doigts détendus par le sommeil et roule entr'ouvert sur la contrepointe soyeuse. Dans l'ombre on voit le traître Iachimo sortir d'un large coffre et se glisser vers l'infortunée qu'il veut perdre. Posthumus, abusé par un faux rapport, s'imagine que sa femme est coupable et commande à Pisanio de faire périr la princesse.

Nous voici à Milford-Haven, au pied des montagnes, en présence d'une mer furieuse. On aperçoit dans le lointain une caverne béante et des gouffres vertigineux. L'éclair illumine cette nuit sinistre;

là doit mourir Imogène. Cette créature si tendre et si fière ne se défend même pas. Peut-elle avoir trahi celui pour lequel elle dédaigna des princes et qu'elle est venue rejoindre sans souci de la pauvreté et des dangers ? Elle ne comprend qu'une chose, c'est qu'elle n'est plus aimée et qu'il ne lui sert à rien de vivre encore. La voici prête, « comme le fourreau à recevoir l'épée [1]. » Que le vieux serviteur ne tremble pas, et qu'il déchire au plus vite ce sein sur lequel Posthumus ne reposera plus sa tête. Heureusement Pisanio a le bon esprit de n'en rien faire, il épargne à son maître d'éternels regrets ; le chevalier trouverait difficilement une épouse obéissante jusque devant la mort. Imogène possède les vertus conjugales qui embellissent le foyer anglais ; sous une apparence froide et timide, elle cache un cœur ardent et courageux. C'est un type national qui lutte avantageusement, dans Shakespeare, avec ces belles

1. Obedient as the scabbard. *Cymbeline*, act. III, sc. III.

italiennes qui sourient du haut de leur balcon à une déclaration d'amour. Aussi Imogène est-elle restée populaire parmi ses compatriotes ? elle a inspiré des tableaux charmants ; le burin a multiplié ses traits, et plus d'un gentleman humoriste s'est épris tout de bon de cette délicieuse chimère.

Ce n'est, certes, pas Rosalinde qui se laisserait égorger aussi tranquillement que la fille du roi Cymbeline ; c'est bien l'héroïne de cette fantaisie brillante intitulée : *Comme il vous plaira !* Sous un déguisement masculin, la jeune fille poursuit son amant à travers la forêt des Ardennes ; qu'elle le saisisse dans la clairière ou au détour d'une allée sombre, elle le lutine et l'agace sans miséricorde ; elle le confesse le poing sous la gorge, et ne se lasse pas de lui entendre répéter qu'il meurt d'amour pour Rosalinde. Est-on d'une malice aussi raffinée ? Elle dépeint à Orlando sa belle sous les plus noires couleurs. Qu'il y prenne garde, c'est le démon le plus fantasque et le plus tyrannique qui ait jamais existé. Le pauvre garçon écoute, stupéfait et fort scandalisé d'entendre ainsi traiter l'objet de son culte. « Ne vous en étonnez pas, » continue-t-elle imperturbablement; « plus une femme a d'esprit, plus elle a de caprices; fermez la porte sur l'esprit d'une femme, et il se fera jour par la fenêtre; mettez-le sous clef, et il passera par le trou de la serrure; bouchez la serrure, et il s'envolera par la cheminée avec la fumée [1]. » Il serait difficile, en effet, d'enchaîner l'esprit de cette vive et piquante créature; mais sitôt qu'Orlando a disparu, comme elle jette ce masque trompeur! La femme reparaît bien vite et l'amante est prise dans les lacs de sa coquetterie. « Ah! cousine, s'écrie-t-elle en se tournant vers Célie (charmante personne même auprès de Rosalinde), jolie petite cousine, tu ne saurais croire combien je

1. The witter the way-warder. Make the door upon a woman's wit and it will out at the casement. Shut that and't will out at the key-hole; stop that, it will fly with the smoke out at the chimney. *As you like it*, act. IV, sc. 1.

suis enfoncée dans l'abîme de l'amour, et le fond de ma passion est aussi inconnu que celui de la baie de Portugal [1]. » Peut-être aime-t-elle à la manière des femmes d'imagination, avec la tête plus encore qu'avec le cœur ; mais, croyez-le bien, son amour est aussi violent qu'une pareille nature peut le comporter. Les belles parleuses sont rares dans Shakespeare ; ses héroïnes sentent mieux qu'elles ne dissertent. On ne peut guère opposer à la maîtresse d'Orlando que Rosalinde dans *Peines d'amour perdues*, et Béatrice dans *Beaucoup de bruit pour rien*. Encore peut-on mettre en doute le scepticisme de cette dernière qui nous affirme « qu'elle aime mieux entendre son chien japper après une corneille qu'un homme lui jurer qu'il l'adore [2], ce

1. O coz, coz, coz, my pretty little coz, that thou didst know how many fathom deep I am in love. My affection has an unknown bottom like the bay of Portugal. *Id. id.*

2. I had rather hear my dog bark at a crow that a man swear he loves me.

*Much ado about nothing*, act I, sc. 1.

qui ne l'empêche pas d'épouser Bénédick à la fin du drame.

Miranda, au contraire, est un des types que le poète s'est complu à reproduire. Elevée jusqu'à seize ans dans une île déserte, elle ne connaît d'autre joie que de soigner ses fleurs ou ses oiseaux ; l'espèce masculine ne lui a été révélée que sous les traits du grossier Caliban qui est un monstre, et du gentil Ariel qui est un sylphe. En homme sage, Prospéro a jugé inutile d'édifier sa fille sur un monde qu'elle ne doit jamais connaître. Aussi Miranda prend-elle tout d'abord Ferdinand pour un esprit de l'air ; involontairement elle revient sans cesse près du captif et l'examine avec une curiosité naïve. Elle prétend soulever de ses mains délicates les lourdes bûches que le jeune prince doit ranger en pile, et travailler pendant qu'il se reposera. Ce n'est qu'une enfant qui s'ignore elle-même, mais sa tête travaille, son cœur bat et pressent une révélation. Elle est joyeuse et n'en saurait expliquer la cause. On dirait une pensionnaire, échappée du couvent, qui aperçoit tout à coup la vie sous ses aspects les plus riants. Ferdinand avoue sa passion et la lumière se fait sur le champ dans le cœur de Miranda. « Je suis votre femme, si vous voulez m'épouser ; autrement, je mourrai fille et à vous. Vous pouvez me refuser pour votre compagne, mais, que vous le vouliez ou non, je serai votre servante »[1] ! Peut-on répondre avec une tendresse plus franche ? Cette ingénue n'a-t-elle pas regagné tout le temps perdu, et la science ne lui est-elle pas venue bien vite ?

Le *Songe d'une nuit d'Eté* est de la même famille que la *Tempête* et *Comme il vous plaira*, mais Héléne est plus instruite que Miranda et moins gaie que Rosalinde. Elle a souffert et elle aime sans espoir. Obéron voit les pleurs de cette

1. I am your wife if you will marry me; if not I'll die your maid. To be your fellow you may deny me; but I'll be your servant whether you will or no.

*The Tempest*, act. III, sc. 1.

amante, et, moitié malice, moitié compassion, il vient tout embrouiller d'un coup de sa baguette. Non-seulement Hélène fera la conquête de Démétrius mais encore celle de Lysandre, le soupirant de la belle Hermia. Les deux couples se rencontrent un soir, dans le bois qui est aux environs d'Athènes. Shakespeare avait là une belle occasion de prendre la nature sur le fait, il n'y a pas manqué. Hermia et Hélène ne sont plus deux grandes dames de ce monde imaginaire que Shakespeare appelle *la cour du duc Thésée;* ce sont deux rivales furieuses, s'injuriant sur ce ton élevé de gamme que le seizième siècle ne désavouait pas. Hermia, surtout, perd toute mesure; le poing tendu, elle se dresse devant Hélène : « Voleuse d'amour, s'écrie-t-elle, voilà donc son secret dévoilé; c'est avec sa belle taille qu'elle a forcé la préférence de mon amant. Eh! te parais-je donc si petite, bâton peint de la fête de Mai? Parle, suis-je donc si naine? Ah! je ne le suis pas encore assez pour que mes ongles ne puissent atteindre à la hauteur de tes yeux [1]. » Autour de cet imbroglio, comme la vignette encadre un dessin, le poète a jeté des amours de papillon et de colibri. Obéron, mécontent de son épouse, veut la rendre amoureuse d'un lourdaud à tête d'âne. Voilà cette fière Titania agenouillée devant un monstre : elle caresse ses joues velues et baise ses longues oreilles. Elle lui répète sur tous les tons qu'il est sa douce joie et le bien-aimé de son cœur. Ne s'obstine-t-elle pas à attacher sur cette vilaine tête une couronne de roses? Devant ces jolies protestations, le bien-aimé ne sait que braire et demander du foin [2]. Ici, sous le badinage poétique se

1. Now I perceive that she hath made compare
Between our statures; she has urged her height
And with her personage, her tall personage
Her height forsooth, she has prevail'd with him.
How low am I thou painted may pole? speak.
How low am I, I am not yet so low
But that my nails can reach unto thine eyes.

*A Midsummer-night's dream*, act. III, sc. II.

2. TITANIA.

Come sit thee down upon the flowery bed

cache l'ironie du penseur; « le sentiment est divin, dit M. Taine, et l'objet est indigne, le cœur est ravi et les yeux sont aveugles. » On ne peut juger avec un esprit d'analyse et un tact plus fin que l'auteur de l'*Histoire de la littérature anglaise*, mais il nous semble parfois un peu sévère et un peu systématique.

Au point de vue de M. Taine, « les femmes de Shakespeare sont des enfants charmants, qui sentent avec excès et qui aiment avec folie. » Nous reprocherons au philosophe d'avoir laissé dans l'ombre certaines figures où le dévouement s'allie à la passion. N'est-ce pas une créature vaillante que cette Viola qui vit auprès de l'homme qu'elle adore, et porte, avec un

While I thy amiable cheeks do coy
And stick musk-roses in thy sleek smooth head
And kiss thy fair large ears, my gentle joy.

BOTTOM.

Methinks I have a great desire
To a bottle of hay; good hay, sweet hay has no-
[fellow.

*Ibid.*, IV, sc. I.

cœur dévoré par la jalousie, des messages d'amour à une heureuse rivale? Elle-même nous l'apprend : « Jamais elle n'a déclaré son amour; elle a laissé sa passion, cachée comme le ver dans le bouton, dévorer les roses de ses joues; elle languissait dans ses pensées; et, pâle et mélancolique, elle était tranquille, comme la Patience sur un monument, souriant à la Douleur [1]. » Dans ce portrait vivant, tracé d'une main émue, plus d'une femme reconnaîtra sa propre image; c'est le drame intérieur de certaines existences, où la passion s'est agitée et consumée, sans autre témoin que le cœur où elle avait pris naissance, comme le Spartiate qui se laissait déchirer la poitrine plutôt que de montrer sa douleur. Et que dirons-nous de Portia, la belle héritière de

1. She never told her love
But let concealment like a worm i' the bud
Feed on her damask cheek she pined in thought
And with a green and yellow melancoly
She sat like Patience in a monument
Smiling at Grief.

*Twelfth nigt or What you will*, act. II, sc. IV.

Venise, qui a refusé doges et princes pour se donner à un simple gentilhomme ? Sa bague, sa main, ses domestiques, sa personne, elle lui abandonne tout avec une simplicité insouciante. Rien de plus naturel ; pauvre et sans dignité, Bassanio est préféré à de puissants rivaux. Mais, lorsque Portia voit son bien-aimé pâlir à la nouvelle du danger d'Antonio, elle devient héroïque. Au sortir de l'église, elle quitte cet époux si ardemment désiré ; qu'il vole où le réclame l'amitié. Voici de l'or, vingt fois plus qu'il n'en faut pour la rançon du capitaine ; la solitude et les prières remplaceront les festins et les joies de l'hymen ; pour Portia, le sacrifice tiendra lieu du plaisir [1] ! N'y a-t-il pas là autre chose qu'un

1. First go with me to church and call me wife
And then away to Venice to your friend
. . . . . . . . . . . You shall have gold
To pay the petty debt twenty times over ;
When it is paid bring your true friend along
My maid Nerissa and myself meantime
Will live as maids and widows.
*The Merchant of Venice*, act. III. sc. II.

entraînement égoïste et aveugle? Quelle femme comprendrait mieux la sainteté des devoirs de l'épouse? L'amour touche trop souvent à la terre, mais, quand il s'élève à de pareilles hauteurs, ne se confond-il pas avec la vertu elle-même?

Si *le Marchand de Venise* a des échos dans toutes les mémoires, peu de personnes ont lu *Tout est bien qui finit bien.* C'est dans une nouvelle de Boccace que Shakespeare a découpé son drame. Il est regrettable qu'on ne connaisse pas mieux en France une œuvre si pleine de sensibilité et de verve comique. Gérard de Narbonne, illustre médecin du Roussillon, a légué à sa fille une partie des secrets de son art. Le moyen âge nous offre de ces alchimistes féminins, et, dans les fabliaux, la science sert volontiers d'auréole au front d'une belle femme. Hélène vient à Paris offrir ses services au roi de France, qui se meurt d'une maladie incurable. Tout d'abord, le monarque sourit et n'a pas grande confiance dans le jeune docteur; cependant, n'ayant plus rien à ménager, il se laisse faire et guérit immédiatement. Pour récompense, Hélène demande la main du seigneur de son pays, et on pourrait la croire ambitieuse si elle n'aimait Bertrand depuis l'enfance. La fierté du châtelain se révolte contre une pareille union ; il faut pourtant obéir à la volonté royale, mais, sitôt la cérémonie achevée, Bertrand quitte la France, laissant à sa jeune épouse cet adieu ironique et cruel : « Quand tu au-ras obtenu l'anneau que je porte à mon doigt, et qui n'en sortira jamais, et que tu me montreras un de tes fils dont je serai le père, alors appelle-moi ton mari, mais cet *alors* je le nomme *jamais!* [1] » Une femme ordinaire mourrait de désespoir ; la fille de Gérard saura tenir tête à l'orage et prouver à cet ingrat que rien n'est impossible à l'amour. Elle prend congé de la

1. When thou canst get the ring upon my finger which never shall come off and show me a child begotten of thy body that I am father to, then call me husband : but on such « then » I write a « never ».

*All's well that ends well,* act. III, sc. II

mère de Bertrand, cette grande dame compatissante qui a recueilli et élevé l'orpheline. Au lieu de régner en souveraine dans le beau manoir du Roussillon, Hélène s'exile loin de son pays, et, déguisée en pèlerine, elle court les aventures sur les traces de son époux. Qu'on ne s'étonne point de voir cette créature d'un esprit si élevé et si modeste affolée ainsi d'un soudard vaniteux et ignorant; l'histoire de Titania et de la tête d'âne de Bottom n'est-elle pas éternellement vraie?

Des Pyrénées, nous sautons à pieds joints dans Florence. Shakespeare qui, dans le *Conte d'hiver*, fait naître l'héroïne au second acte, n'y met pas tant de façons et s'inquiète peu de l'unité de lieu. Le tambour bat aux champs; la trompette sonne une fanfare belliqueuse; les troupes défilent, et la cuirasse de Bertrand brille au milieu des armures italiennes. Il y a là, comme dans tous les pays, des femmes curieuses, éprises de l'habit militaire, qui devisent tout en regardant. En sa qualité de Français, le comte de Roussillon les occupe exclusivement. La pèlerine se glisse dans les groupes et lie connaissance avec une veuve, dont Bertrand courtise la fille. Il est aussi humble devant la jolie Florentine qu'il a été impitoyable envers Hélène. Ce soldat brutal fait du sentiment et de la poésie ; il supplie, il implore, il veut Diane à tout prix, et, pour obtenir un rendez-vous, il lui abandonne le précieux anneau ; mais, il y a une justice, même dans les contes de Boccace ; l'épouse s'empare de la bague et remplace Diane au rendez-vous. Le comte croit tenir une maîtresse adorée, et n'a dans ses bras que la femme légitime qu'il déteste. Quelques mois s'écoulent ; un jour, à Marseille, devant le roi et toute la cour, Hélène présente à son époux l'anneau de famille ; bientôt elle lui présentera aussi un héritier. Les conditions du programme sont remplies ; il faudrait être plus dur que l'acier d'une cotte de mailles pour ne pas se laisser attendrir ; Bertrand se résigne à un bonheur qu'il ne mérite guère ; mais « tout est bien qui finit bien. »

Chez les femmes de Shakespeare, l'amour ne produit que de bons sentiments. Gertrude, la mère d'Hamlet, est la seule qu'une passion désordonnée conduise au crime. Les courtisanes elles-mêmes se retrempent dans une affection véritable. Au lieu de vivre près de César triomphant, Cléopâtre meurt fidèle à Antoine malheureux. Cressida, nous dira-t-on, n'est pas un modèle de constance, elle a aimé Troïlus dans le camp des Troyens, Diomède chez les Grecs, et il est probable que la perfide en aimerait ailleurs un troisième sans scrupule. On peut répondre que Shakespeare n'a pas voulu tracer un caractère sérieux ; cette figure lutine s'est épanouie sous la plume du poète dans un jour de liesse, et Cressida a tout simplement devancé les héroïnes légères de ces parodies qui devaient faire les délices du XIXe siècle.

Mais voici venir une blonde fille du Nord qui n'a pas l'âme virile d'Hélène. Ophélia était née pour le bonheur tranquille et les affections calmes du foyer domestique : les orages de la passion doivent infailliblement briser cette frêle créature. Elle n'a jamais connu les caresses d'une mère et a été élevée sous la tutelle de son père, un vieux chambellan. L'étiquette d'une cour monotone a enchaîné sa vie ; son caractère mélancolique s'est développé sous le ciel gris d'Elseneur ; l'âme enthousiaste et rêveuse s'est repliée sur elle-même, mais le cœur n'a pas échappé à la loi commune et s'est donné sans retour. Les visées ambitieuses de Polonius touchent peu la jeune fille ; ce n'est pas l'héritier du trône qu'elle aime : c'est Hamlet, le Danois, avec ses bizarreries et ses caprices. Laërte conseille à sa sœur de réprimer un sentiment qui ne peut rien amener de bon. Il n'en faut pas davantage pour jeter l'alarme dans cette âme chaste et scrupuleuse ; lettres parfumées, sonnets amoureux, riens charmants, qui étaient tout pour ce cœur épris, ne resteront pas plus longtemps entre les mains d'Ophélia. Elle ne transige pas avec le devoir, mais elle souffre cruellement, et s'imagine que ses rigueurs ont troublé la raison d'Hamlet. Illusion naïve! Pour le prince, l'amour a été un passe-temps d'oisif, un enfantillage de la jeunesse, une violette du printemps, qui se fane devant les soucis de la vengeance. Vainement Ophélia emploie mille ruses innocentes pour raviver un souvenir effacé; parle-t-elle de tendresse? Il est tout entier à la haine et combine la sombre tragédie qui va dévoiler les crimes de Gertrude. « — Je vous ai aimée autrefois, » dit-il, comme se réveillant d'un songe. — « Vous me l'avez fait croire, en effet, monseigneur. — Vous n'auriez pas dû me croire; je ne vous ai point aimée! » [1]

Devant ce brutal démenti, Ophélia n'exhale qu'une plainte timide : « Puis-

1. HAMLET.

I did love you once.

OPHELIA.

Indeed my lord you made me believe so.

HAMLET.

You should not have believed me; I lov'd you not.

*Hamlet*, act. VII, sc. II.

sances du ciel, ramenez-le à lui-même [1]. » Cette douleur contenue est navrante ; on sent que l'infortunée vient de recevoir le choc qui détruira sa raison. Tandis que les comédiens représentent le meurtre de Gonzague, elle écoute avec une patience angélique les folies que lui débite son amant : « Madame, puis-je mettre ma tête sur vos genoux [2] ? » Elle le regarde avec cette tendre commisération que font éprouver les maux d'un être aimé. « Le prologue est bien court, Monseigneur, » dit-elle avec effort. « Comme l'amour d'une femme, » répond sèchement Hamlet. Pauvre Ophélia ! on se réjouit de lui voir perdre enfin la conscience d'elle-même. Que d'intérêt nous inspire cette tête privée de raison ! Avec quel art Shakespeare a su grouper autour de l'héroïne les circonstan-

1. OPHELIA.

Heavenly powers, restore him !

2. HAMLET.

Lady, shall I lie on your lap ?

ces les plus poétiques et les plus touchantes! L'élégie mise dans la bouche de la reine est le chef-d'œuvre de la grâce et du sentiment. C'est un tableau qu'on n'oublie pas; on voit le saule qui mire ses feuilles dans l'eau transparente [1], et la douce enfant qui glisse en voulant suspendre une guirlande aux rameaux verts. Comme une naïade, elle flotte un instant à la surface de l'onde; point de lutte, point de mouvements convulsifs; elle sourit à la mort qu'elle ne voit pas venir, et chante un vieux refrain danois. Bientôt, vêtements blancs et chevelure blonde disparaissent; elle a cessé de vivre et cessé de chanter. C'est le dernier trait donné par Shakespeare à cette suave et vaporeuse création. Ophélia meurt, emportant avec

1. OPHELIA.

Tis brief mylord.

HAMLET.

As wooman's love.

*Ibid.*, III, II.

2. There is a willow grows ascant the brook &a

*Ibid.*, IV, I

elle les regrets qu'on accorde à la jeunesse et à la beauté. Une reine et toute une cour en pleurs suivent son cercueil. Hamlet lui-même retrouve un éclair de sensibilité devant la fosse qui va recouvrir son amante. Heureuse créature, que le poète a prise en pitié, et qui n'a pas connu la plus amère des douleurs : celle de survivre à ses illusions!

Juliette peut-elle bien être la sœur d'Ophélia? Le climat enivrant du Midi a vu naître la fille des Capulets; la vie et le bonheur débordent chez elle. C'est l'unique rejeton d'un père et d'une mère dont elle est l'idole; c'est l'enfant gâtée d'une vieille nourrice; rien n'a résisté aux caprices de ce jeune tyran. Juliette a seize ans, et tous les gentilshommes de Vérone sont à ses pieds. Elle vient de faire, au bal du seigneur Capulet, ses débuts dans le monde; tous les instincts féminins s'éveillent à la fois dans cette âme enchantée; Juliette est heureuse d'être belle, plus heureuse encore qu'on le lui dise. Roméo passe à travers la foule élégante et masquée. Les yeux de la jeune fille le suivent et le cherchent encore, qu'il a disparu : « Quel est ce cavalier? dit-elle à sa nourrice. Va, demande son nom. S'il est marié, je crains bien que mon tombeau ne soit mon lit nuptial [1]. » C'est aller un peu vite; mais la passion n'effraye point cette Italienne, et elle s'y jette avec toute l'ardeur d'une nature véhémente. Au milieu des joies d'une affection partagée, Ophélia ne peut se défendre d'une inquiétude vague; Juliette ne comprend pas que l'amour puisse apporter autre chose que le bonheur. Le courroux d'une famille entière, le poignard de Tybalt, levé dans l'ombre, l'avenir chargé de menaces, elle ne voit rien. Appuyée sur son balcon, elle écoute avec extase cette voix harmonieuse qui chante un air inconnu et trouble le silence de la nuit. L'amour de Roméo va brûler et consumer en même temps la fille des

1. Go, ask his name. If he married
My grave is like to be my wedding bed.
Act. V, sc. v.

Capulets ; le mariage dans la vieille abbaye et l'échelle de soie suspendue au mur ne sont pas loin de la déclaration timidement risquée. Tout ne marche pas encore assez vite au gré de Juliette : « Viens, douce nuit, s'écrie-t-elle éperdue, viens, nuit amoureuse, le front couvert de ténèbres, donne-moi mon Roméo [1]. » La nuit si ardemment implorée finit trop tôt ; il faut partir. Comme un enfant mutin, l'Italienne se révolte ; elle se pend au cou du beau Montaigu et l'enlace de ses bras : « Mon bien-aimé, ce n'est pas le jour ; c'est le rossignol qui chante là-bas sur ce grenadier. — Non, mon amour, c'est l'alouette qui proclame le matin. » Débat charmant qui n'avait pas besoin de la musique d'un maître pour rester le plus délicieux des duos d'amour.

Le quatrième acte nous révèle l'héroïne

1. Come, gentle night, come, loving black brow'd [night.
Give me my Romeo.
Act. III, sc. II.

sous un point de vue nouveau. Cette amante exaltée ne songe plus qu'à ses devoirs d'épouse. Pour se conserver à Roméo, elle descendra sous la voûte où reposent ses ancêtres. Pleine de jeunesse, elle s'ensevelira à côté de cadavres séculaires, et, pour renaître à l'amour, elle passera par la mort. Un moment, la chair se révolte, les frissons de la peur s'entrechoquent sur ses lèvres tremblantes ; tout ce qu'une créature humaine peut endurer d'angoisses s'offre à sa pensée ; mais, derrière les spectres grimaçants, Juliette voit son époux lui tendre les bras. « Roméo, s'écrie-t-elle en avalant le breuvage du frère Laurence, ceci je le bois à toi [1]. » Le réveil sera plus affreux encore que ne l'avait rêvé une imagination en délire. Aux clartés de la lampe funéraire, Juliette aperçoit Montaigu couché sur la terre. Elle soulève ce corps inerte, baise cette bouche chaude encore, et, trop sûre de son malheur, se frappe avec le

1. Romeo, I come. This do I drink to the.
Act. IV, sc. III.

poignard de Roméo. Ne l'avait-elle pas prévu au milieu des enivrements du bal? Son tombeau sera son lit nuptial!

On a trouvé ce dénoûment trop précipité. Garrick avait refait lui-même une scène d'adieux suprêmes. C'était un des plus beaux triomphes de l'acteur, mais l'œuvre de Shakespeare y perdait comme harmonie et comme profondeur. *Juliette au balcon* ne tarit pas en images et en paroles; elle s'échappe pour revenir dire à son amant ce qu'elle lui a déjà répété vingt fois. Le bonheur est expansif! *Juliette au tombeau* est d'un laconisme saisissant. Quand une arme a touché le cœur, le sang ne s'épanche pas au dehors, et aucun signe extérieur n'indique que la blessure est mortelle. De même, le silence est la plus éloquente expression d'une douleur inouïe, et le poète a jugé la langue, dont il disposait en maître, trop faible pour rendre le désespoir de Juliette.

Nous avons marché rapidement à travers cette galerie d'héroïnes; arrêtons-nous une dernière fois devant la belle

Vénitienne, qui s'enveloppe dans ses voiles blancs.

Avant d'abandonner le théâtre et de planter des mûriers à New-place [1], Shakespeare écrivit Othello : ce fut l'adieu de son génie ! C'est à Giraldi Cinthio que l'auteur a emprunté son sujet, et d'une nouvelle pâle et oubliée, il a fait jaillir un drame plein de vie et de mouvement [2]. Desdémone est la plus timide et la plus modeste des jeunes filles de son âge ; sa beauté est célèbre dans tout Venise, et les plus nobles alliances semblent indignes d'une personne aussi accomplie. L'audacieux pirate qu'on nomme Othello touche à la maturité de l'âge ; sa peau brunie durcit encore une physionomie farouche, et sa voix est plus habituée au commandement qu'à débiter des dou-

1. Le premier mûrier introduit dans le canton de Stratford, fut planté des mains de Shakespeare dans un coin de son jardin de New-place. Guizot, *Vie de Shakespeare*.

2. *Hecatommithi ovvero cento novelle*, par Giraldi Cinthio.

ceurs aux femmes. C'est un aventurier dont l'origine est inconnue, et que les hasards de la fortune ont poussé sur le rivage de l'Adriatique. Comment eût-il séduit la perle de Venise sans le secours d'un art diabolique? Accusé de sorcellerie et traduit devant le Sénat, il se défend avec une simplicité sublime. « Je contai mes dangers : ce fut là toute ma magie [1]. » Et ces têtes graves, qui en ont fini avec la folie, comprennent et excusent le More. Desdémone a été conduite à l'amour par la compassion, la plus douce pente sur laquelle puisse glisser une femme. La galère qui cingle vers Chypre emporte au loin l'héroïne; les dômes bleus de Venise se dérobent dans la brume; peu importe à Desdémone; où est Othello sera sa famille et sa patrie. Vertueux ou coupable, triomphant ou

1. She loved me for the danger I had pass'd, and I loved her that she did pity them. This only is the witchcraft I have used.

*Othello*, act. I, sc. III.

malheureux, partout elle suivra l'époux que son cœur a choisi. Iago se trompe; ce n'est point là un caprice passager, et un pareil amour ne se trouve qu'une fois dans la vie d'une femme Peut-on reprocher à la fille du sénateur trop d'intérêt pour Michel Cassio? Elle a dans l'âme ces trésors d'indulgence et cette tendresse adorable qui font les sœurs de charité. Le lieutenant vient d'être puni sévèrement pour une faute légère. C'en est assez pour attendrir Desdémone; il lui faut la grâce du coupable; elle la veut absolument, comme les femmes savent vouloir. « Sera-ce ce soir au souper, ou demain à dîner? Non; alors que ce soit demain soir, ou mardi matin, ou mardi dans l'après-midi, ou dans la soirée du mardi au mercredi [1]. » Sans doute elle

1. DESDEMONA.
Shall't be to night at supper?
OTHELLO.
No, not to night.
DESDEMONA.
To morrow dinner, then?

est imprudente et insiste trop, mais à sa place qui n'en ferait autant? Elle a cette coquetterie innocente d'une jeune épouse, heureuse d'essayer son pouvoir; elle se plaît à jouer avec cette colère de lion, et est toute fière de dompter le forban qui n'a plié devant personne. Mais déjà Iago a jeté le soupçon dans l'âme du More, et Othello accable d'injures celle qui a tout quitté pour le suivre. Profondément blessé, ce cœur délicat s'épanche auprès d'Emilia. « Je voudrais que vous n'eussiez jamais connu ce More, dit la suivante avec colère ». — « Non pas moi, répond la douce créature, mon amour pour lui est tellement aveugle que son opiniâtreté, ses violences, sa colère

OTHELLO.

I shall not dine at home;
I meet the captain of the citadel.

DESDEMONA.

Why then to morrow night or tuesday morn,
Or, tuesday noon, or night, or wednesday morn.

Act. III, sc. III.

ont de la grâce et du charme à mes yeux [1]. »

Qu'elle est loin de comprendre les représailles dont Emilia lui vante la saveur! « Ah! s'écrie-t-elle, que le ciel m'accorde de ne jamais m'autoriser de l'exemple du mal pour faire le mal, mais de trouver dans l'exemple du mal un motif pour devenir meilleure [2]. » Ici se place le refrain qu'une vieille Africaine apprit jadis à Desdémone. Sur cette complainte du saule une musique mélodieuse a prodigué ses accords; les cantatrices les plus illustres ont prêté leurs

1. EMILIA.

I would you had never seen him.

DESDEMONA.

So would not. My love doth so approve him.
That even his stubborness, his cheeks, his frowns,
Pry thee, unpin me, have grace and favour in them.

2. DESDEMONA.

Good night, good night : heaven me such usage [send
Not to pick bad from bad; but, by bad mend!

*Ibid.,* act. IV, sc III.

voix pour rendre cette pudeur froissée, ces agitations douloureuses, ces pressentiments mélancoliques. Tout est combiné pour émouvoir le spectateur, depuis le vent qui gémit dans le vieux château, jusqu'à cette blanche toilette qui se fait sur la scène, et qui sera la parure d'une morte. On oublie la rampe, les toiles peintes, les illusions théâtrales ; la foule blasée écoute immobile ce que chacun sait par cœur, et frissonne devant le dénoûment qui s'approche. Rien n'arrêtera la vengence d'Ohello ; ni prières ni protestations ne dessilleront ces yeux aveugles. D'un bond, le More saisit la victime qui renonce à se défendre, la jette sur ce lit où elle croyait trouver le repos, et l'étouffe sous le duvet des oreillers. Tout n'est pas fini pourtant ; Desdémone se soulève encore. Un cri de haine et de douleur va-t-il s'échapper des lèvres de la mourante ? Emilia accourt et se précipite sur sa maîtresse. « Parlez, qui a commis ce crime ? — Personne ; moi-même, adieu ; rappelez-moi à mon cher seigneur. Oh ! adieu ! [1] » Et l'âme s'envole, chargée d'un sublime mensonge. Jamais on n'alla plus loin dans le dévouement.

Nous aimerions à penser que cet idéal de la femme et de l'amante a vraiment existé. Raphaël et le Titien ont fixé sur la toile les traits des beautés de leur temps. N'y a-t-il point un souvenir ému qui vibre dans l'œuvre de Shakespeare, et le gracieux fantôme d'une véritable Desdémone n'est-t-il pas venu poser devant le poète ?

1. Who has done this deed?
— No body ; I myself. Farewell.
Command me to my kind lord. O Farewell.
*Ibid.*, act. V, sc. II.

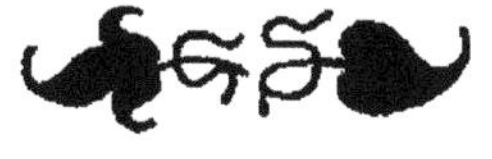

## IV

C'EST un compatriote de Shakespeare qui fit connaître en Europe le maître du théâtre indien, et nous lui devons la première traduction de Sakountalâ. William Jones avait résidé à Calcutta, explorant avec ardeur les textes sanscrits et se mêlant volontiers aux brahmanes qui pouvaient éclairer ses études [1]. Un Pandit révéla au jeune savant l'existence d'une littérature dramatique. Il lui apprit que ces jouissances théâtrales, si appréciées dans l'Occident, faisaient, il y a plus de deux mille ans, les délices des Indiens, et, comme spécimen de l'art qu'il vantait, le brah-

1. Paper on Kâlidâsa, read before the Bombay branch of the Royal Asiatic Society, by Shri Bhau Daji.

mane mit sous les yeux de W. Jones une copie de Sakountalâ. Surpris et charmé d'une si brillante découverte, le traducteur n'hésita pas à proclamer Kâlidâsa le *Shakespeare de l'Inde :* c'était le plus grand éloge qui pût sortir d'une bouche anglaise. A son tour, Auguste de Schlegel louait cette œuvre délicieuse qui, malgré le coloris d'un climat étranger, offrait tant d'analogie avec le drame romantique [1]. L'éminent littérateur allemand le savait mieux que personne : la prédilection de Jones pour Shakespeare n'entrait pour rien dans cette ressemblance singulière, et deux maîtres pouvaient bien se rencontrer dans la peinture des passions humaines. Que le poète indien aille chercher ses héros dans la mythologie védique, ou que Shakespeare les prenne dans l'histoire d'Angleterre; que nous écoutions le récit des amours de Pourou ou des crimes de Glocester, il y a, dans tous ces drames, un ta-

1. Première lecture sur la littérature dramatique, par Auguste William de Schlegel.

bleau vivant de l'époque qu'ils reproduisent. Euripide attendrissait le peuple athénien en lui retraçant les malheurs des héros du passé, tandis qu'Aristophane le divertissait par le spectacle des folies contemporaines. Ni cette belle et sérieuse manifestation de l'esprit humain qu'on appelle la tragédie, ni cette satire enjouée qui est la comédie, n'ont une part distincte dans les œuvres de Shakespeare et de Kâlidâsa. On y trouve un mélange harmonieux des deux genres, un accord tacite entre le rire et les pleurs; c'est la vie elle-même, avec ses joies insensées et ses tristesses amères. Sakountalâ vient de nous arracher une larme de compassion; déjà nous sourions aux récriminations égoïstes du brahmane Mâdhavya; et les lamentations du vieux Lear, qui n'a plus ni royaume ni abri, se confondent avec la joyeuse chanson du fou.

Cette analogie, qui frappe dans l'ensemble, examinons-la dans les détails. Voici deux héroïnes qui nous sont présentées à peu près de la même manière. Miranda et

Sakountalâ, issues de race royale, se sont développées dans les mêmes conditions d'ignorance et de solitude absolue ; l'une ne connaît que les ascètes de la forêt consacrée, et l'autre que les esprits qui voltigent dans l'air. La jeune anachorète n'imagine aucune joie plus douce que celle de défier ses compagnes à la course ou d'arroser ces arbres, « pour lesquels elle éprouve la tendresse d'une sœur ; » jusqu'à présent, c'est tout ce qu'elle a connu des passions. Pour Miranda, il n'est rien de comparable aux coquilles semées sur le sable des grèves ou à la vague que soulève l'Océan. Au début de l'action, Sakountalâ folâtre sous les bosquets avec ses compagnes, et Miranda, debout sur la plage, suit avec anxiété les progrès de la tempête. Mais, dans l'île déserte comme dans le bois consacré, l'amour n'est pas loin et ne demande qu'à paraître. Il couve dans ce sein qu'agite la pitié comme sous les jeux innocents de ces filles qui donnent encore la main à l'enfance. Soudain Ferdinand et Douchmanta paraissent ; même surprise et même ravissement s'éveillent dans l'âme des héroïnes : « Comment, en voyant ce personnage, dit Sakountalâ, suis-je devenue accessible à une émotion contre laquelle devrait me garantir cette retraite vouée à la pénitence [1]. » — « Ah! s'écrie Miranda, je pourrais bien le nommer un objet divin, car jamais je ne vis rien de si noble dans ma vie [2]. » Elles l'admirent et l'aiment déjà, ce premier homme qui leur est apparu avec le prestige de la jeunesse et de la beauté. Adieu, tranquille adolescence; la douleur ne se fera pas attendre. Ce sang, jusqu'alors si calme, est brûlé par la fièvre et l'inquiétude. Il faut qu'il s'échappe, ce secret terrible, ou elles en mourront, les douces créatures. La vierge chrétienne est plus franche et plus hardie dans l'expression de sa tendresse. Une contrainte, due aux mœurs

1. *Sakountala* Ier acte.

2. . . . . . . . . I might call him
A thing divine for nothing natural
I ever saw so noble.

*The Tempest*, act. I, sc. II.

orientales, pèse sur Sakountalâ; le haut rang de Douchmanta l'intimide un peu : « Mon cœur tremble, dit-elle, dans la crainte du dédain. » Mâlavikâ aussi ose à peine regarder le monarque dont sa beauté est venue troubler la quiétude en jetant la flamme d'un amour éperdu au milieu des voluptés languissantes du harem. Elle souffre en silence; elle chante, elle danse pour divertir des reines ennuyées, et son jeune cœur héroïque garde le secret de ses palpitations. De même, la pâle héroïne de la Douzième nuit, Viola, vit, sans se trahir, à côté de la maîtresse de l'homme qu'elle adore; son courage va jusqu'à plaider auprès de sa rivale en faveur du duc d'Illyrie, ce tyran blasé qui ne daigne pas s'apercevoir des tourments qu'il cause, et s'écrie au lever du rideau :

« Si la musique est l'aliment de l'amour, poursuivez, donnez-m'en jusqu'à l'excès, afin que le désir rassasié s'affaiblisse et meure » [1].

1. If music be the food of love, play on;

Qu'il s'agisse de Juliette, l'idéal passionné que tout adolescent entrevoit dans ses rêves, de Jessica, la douce enfant d'Israël dont l'amour fait une chrétienne, d'Ourvasî, la plus ravissante des nymphes immortelles, ou de Mâlavikâ, la bayadère enchanteresse, le sentiment spontané qui s'éveille dans ces âmes naïves est rendu avec une fraîcheur, une grâce inimitable. Comme le printemps vient dans l'année, comme la rose s'épanouit, elles aiment, les belles filles, avec toutes les illusions et les enchantements du premier âge. Mieux façonnées par l'âge et l'expérience aux luttes de la vie, elles nous attacheront davantage encore ; nous les avons vues vierges sensibles, nous les retrouverons amantes incomparables. Douchmanta, le souverain d'Hastinapoura, a méconnu et repoussé Sakountalâ ; Léontès, le roi de Sicile, a suspecté l'innocence de sa femme et l'a condamnée à périr. L'un ne tarde pas à

Give me excess of it, that, surfeiting,
The appetite may sicken, and so die.

retrouver la mémoire et l'autre à reconnaître la vérité. Tous deux pleurent de longues années, celles qu'ils croient perdues sans retour, et leur chagrin, qui a les mêmes causes, se traduit par les mêmes pensées.

« Tant que je me souviendrai des vertus d'Hermione, dit le roi de Sicile, je ne pourrai oublier mon injustice envers elle... Que ne m'est-il donné de contempler encore les beaux yeux de ma reine chérie et de cueillir un trésor de délices sur ses lèvres [1] ! »

« Ah ! s'écrie le monarque indien, naguère quand il était endormi, il aurait dû être réveillé par ma bien aimée aux yeux de gazelle, ce cœur blessé qui veille main-

1. Whilst I remember
Her and her virtues, I cannot forget
My blemishes in them...
. . . . . . . O that ever I
Had squared me to thy counsel! then even now
I might have looked upon my queen's full eyes
Have taken treasure from her lips.
*The winter's tale*, act. V, sc. I.

tenant pour les souffrances du repentir[1]. »

Léontès retrouve sa fille Perdita au moment où la vie n'a plus de liens pour lui, comme Douchmanta découvre son jeune fils dans les sphères divines. La main dans celles de leurs enfants, les coupables sont mis en présence des deux reines. Une délicatesse touchante a inspiré ce dénouement. Kâlidâsa et Shakespeare ont pensé que tout s'effaçait devant un enfant et qu'aucun ressentiment conjugal ne tenait devant un trait d'union si puissant. L'héroïne du Mahâbhârata, comme la princesse sicilienne, ouvrent leurs bras à ceux qu'elles n'ont cessé de chérir ; volontiers elles s'accuseraient pour leur épargner la honte du repentir. D'un regard profond les deux poètes ont sondé les tendresses infinies de ces cœurs ingénus ; nul ne nous a peint avec autant de bonheur cette déférence envers un être aimé, cette domination subie avec délices et ces dévouements absolus qui savent tout donner comme tout pardon-

1. *Sakountala*, acte VI.

ner. Mais, qu'on ne s'y trompe pas : le démon est à côté de l'ange, l'ombre à côté de la lumière. Elles vivent, elles palpitent, ces adorables créatures, et les deux maîtres, pour rester dans la vérité, devaient nous présenter la femme sous ces aspects si divers et si complexes. Ils ont saisi et rendu admirablement toutes les nuances de la jalousie, ce côté faible d'un grand cœur féminin. Les héroïnes du poète anglais pousseront l'humilité et l'abnégation jusqu'aux dernières limites; Desdémone et Imogène veulent bien courber leur front innocent devant un bourreau adoré. S'il s'agissait d'une rivale, ces colombes se redresseraient comme des lionnes furieuses. Les héroïnes de Kâlidâsa elles-mêmes, ces Indiennes habituées à l'obéissance passive du gynécée, auront un mouvement de révolte devant la trahison d'un époux. Iravatî s'oubliera jusqu'à vouloir frapper son roi et son maître; Dhârinî fera jeter Mâlavikâ dans un cachot obscur. Le temps et la réflexion calmeront ces têtes passionnées; elles se soumettront, mais, en dépit des lois et des convenances, qui les garot tent, elles devaient pousser un cri jaloux, que Kâlidâsa, avant tout fidèle observateur, ne pouvoir manquer de reproduire

Peut-être le poète indien l'emporte-t-il sur son rival comme finesse et comme pénétration; il saisit ce qui est insaisissable et trouve la vérité où elle est le plus difficile à démêler : dans le fond du cœur de la femme. Le vol d'aigle de Shakespeare s'accommode moins facilement de ces jolies mignardises. Pourtant, ouvrons au hasard les drames de Shakespeare et de Kâlidâsa, nous verrons que les réticences pudiques, les innocentes fourberies de la femme ne devaient échapper ni à l'un ni à l'autre des deux auteurs. Lorsque Ourvasî, arrachée par le roi aux bras d'un géant de la montagne, revient de son évanouissement, elle devine l'admiration qu'elle inspire; ses doux yeux s'attachent sur son libérateur avec une tendresse mêlée de coquetterie :

« Amie, lui dit une de ses compagnes, que regardes-tu? – Ce qui partage mon plaisir et ma peine est caressé par mes yeux. — Quoi donc? — Mais..., le cercle de mes amies [1]. » Les amies se trouvent là bien à propos; n'est-elle pas délicatement expressive, cette réticence hypocrite d'une fille qui veut, sans rien avouer, laisser tout entendre?

Dans les deux gentilshommes de Vérone, Julia s'emporte contre sa suivante Lucette qui vient de lui remettre une lettre du seigneur Protée; la belle refuse avec indignation le billet qu'elle grille de lire et la soubrette s'enfuit effrayée du courroux de sa maîtresse. « La sotte! s'écrie Julia, ne sait-elle pas que nous autres, filles, la pudeur nous fait dire non lors même que nous désirons que ce non soit interprété par un oui [2]. »

1. *Ourvasi*, acte Ier, p. 18.

2 What a fool is she, that knows am a maid
And would not force the letter to my view!
Since maids in modesty, say « no » to that
Which thy would have the profferer construe [« ay »

*The two gentlemen of Verona*, act. I, sc. II.

Le plus étrange n'est pas de voir deux poètes se rencontrer dans la peinture d'un sentiment aussi étroitement lié que l'amour à la nature humaine, mais de trouver chez eux des ressemblances jusque dans les secrets du métier.

Roméo, caché sous un balcon, admire Juliette sans qu'elle s'en doute; il écoute avec ravissement l'aveu qui, dans le silence de la nuit embaumée, s'échappe des lèvres de l'adolescente amoureuse. Il compare sa bien-aimée à la lune et aux étoiles; son souhait le plus hardi serait d'être un gant placé sur cette main pour toucher cette joue [1]. On reconnaît le langage chevaleresque des nouvelles Italiennes, plus respectueux que celui d'Agnimitra, où le sensualisme oriental ne se déguise guère. Caché par les branches d'un asôka, le prince voit Mâlavikâ s'avancer rêveuse sur la scène : « Ah! s'écrie-t-il en se tournaut

1. O that I were a glove upon that hand
That I might touch that cheek.
*Romeo and Juliet*, act. III, sc. II.

vers son confident, voici Mâlavikâ : ses hanches développées, sa taille mince, son sein relevé, et ses longs yeux s'emparent de ma vie. La joue pâle comme la tige du roseau, elle resplendit, modestement parée, telle qu'une branche de jasmin couverte par le printemps de beaucoup de feuilles et de quelques fleurs [1]. »

Ce qu'il importe de constater, c'est que, dans chacun de ces drames, nous avons sous les yeux une action double : tout en prêtant l'oreille aux métaphores enflammées d'Agnimitra et de Roméo, nous voyons et nous entendons les deux héroïnes qui ne se doutent pas d'être écoutées par ceux que la chose intéresse le plus. Cette manière de faire parler des personnages visibles seulement pour le spectateur est d'une ressource ingénieuse; les amants sont instruits sans que la pudeur des jeunes filles ait à en souffrir. Juliette ne peut taire à Roméo cette tendresse dont il a surpris la brûlante expression ; Mâla-

1. *Mâlavikâ et Agnimitra,* act. III, sc 1.

vikâ confesse à une amie ce qu'elle n'osait jamais dire devant le roi; Ourvasî se confie aux nymphes célestes et Sakountalâ à ses jeunes compagnes de l'ermitage consacré; la vive Rosalinde soulage ses peines dans le sein de sa cousine Célie et Béatrice, la rieuse impitoyable, devient sérieuse quand il s'agit de défendre l'innocente Héro. Solidarité touchante, doux épanchements de femmes, qui ont paru nécessaires à ces poètes dont les âmes d'élite étaient faites pour comprendre et exprimer les nuances délicates de l'amitié.

Il n'est pas jusqu'à l'anneau cabalistique, l'éternelle bague retrouvée ou perdue, confiée ou dérobée, qui produit les péripéties du drame, que nous ne voyions tour à tour au doigt de Sakountalâ ou de Portia [1], de Dhârinî ou d'Hélène [2].

Pas plus que le courtisan asiatique, le joyeux compagnon de taverne n'a négligé ces petits moyens d'action et d'intérêt. Les

1. The merchant of Venice.

2. All's well that ends well.

détails sont accommodés au goût des temps et des peuples, mais le stratagème dramatique reste exactement semblable. Ensevelie dans le ventre d'un poisson, au fond d'un lac, ou prête à passer au doigt de Diane la Florentine, quand elle devrait briller au doigt d'Hélène, l'épouse légitime, soyez sûr que la bague de Douchmanta ou du comte de Roussillon apparaîtra toujours à son heure, exactement comme la lettre, au cinquième acte d'un de nos drames modernes.

Shakespeare, cet aigle voyageur, qui ne se gênait pas pour transporter ses héros du nord au midi, se plaisait davantage dans les contrées brûlées du soleil : Vérone, Messine, Mantoue, Chypre, Venise sont les sites qu'il va chercher de préférence. Par quelle intuition merveilleuse William devine-t-il les mœurs de ces contrées dont il ne toucha jamais le sol? Par quel prodige de souplesse, ce génie, qui s'assombrit sous les brouillards du Danemark, rayonne-t-il sous le soleil d'Italie?

De tous les ouvrages du poète anglais,

c'est assurément Roméo et Juliette qui s'adapte le mieux au parallèle que nous cherchons à établir. Nous y découvrons les procédés de composition, la richesse de détails, le style imagé et, par dessus tout, certains traits particuliers aux amants de Kâlidâsa. L'amour y domine tout autre sentiment ; ce n'est plus une broderie légère jetée sur un fond solide; aucune préoccupation sérieuse ne vient, comme ailleurs, distraire les personnages. Hamlet délaissait Ophélia pour venger la mort de Claudius ; en écoutant la voix de Desdémone, Othello songeait encore au bruit des combats. Mais Roméo, le brillant cavalier de Vérone, comme Agnimitra et Pourouravas, oublie tout devant les yeux d'une femme. Montaigu disputerait Juliette à la tribu des Capulets ; pour obtenir Ourvasî, le roi de Pratichthâna poursuivrait les Dânavas à travers tout l'Himalaya, et l'amant de Mâlavikâ apprendrait avec dédain les victoires de ses armées. Ces héros ont l'insouciant égoïsme des cœurs jeunes et épris qui ne voient rien en dehors de l'amour; ils se livrent, sans combat, au sentiment qui est venu les envahir; les barrières qui se dressent en travers de ces couples amoureux ne font qu'irriter leur passion; les femmes surtout demeurent étrangères à tout ce qui s'éloigne du sentiment qui les absorbe; rien ne les émeut, rien ne les effraie, mais aussi rien ne les arrête. Les obstacles tombent devant cette volonté féminine plus forte que celle de l'homme quand l'amour s'en mêle. Indra pardonne, frère Laurence s'attendrit; Ourvasî s'échappera du ciel, et Juliette franchira le seuil de la maison paternelle. N'oublions pas que la vierge de Vérone et l'Apsara du paradis Indien se sont développées sous le climat du midi. Dans ces têtes ardentes, l'amour est un incendie allumé par le soleil. Imogène exprimera ce sentiment d'une autre manière; née sur les plages froides de l'Armorique, elle n'aura ni ces fougues ni ces emportements; mais, s'il le faut, elle se laissera immoler au caprice jaloux de celui qu'elle aime. Shakespeare s'est toujours attaché à graduer les nuances suivant le cadre qui entoure ses héroïnes et le grave Humboldt a loué Kâlidâsa « qui décrit en maître l'influence de la nature sur l'esprit des amants ». Il ne faut voir ici aucune idée matérielle, mais une juste observation qui ne pouvait manquer à deux poètes éminemment philosophes.

Parmi ces suaves figures, Juliette restera le type éternel de l'amante. Nulle ne sait aimer comme cette Italienne. Les pudiques alarmes de Sakountalâ, les finesses diplomatiques d'Ourvasî, les timidités de Mâlavikâ lui sont inconnues. Dédaigneuse des petites ruses qui sont l'apanage de son sexe, sa seule crainte est « que le beau Montaigu ne la trouve trop légère [1] ». « A Juliette seule, dit Schlegel, il était réservé d'unir la pureté de cœur et la vivacité d'imagination, la dignité des mœurs et le délire de la passion. » Il y a je ne sais quelle

1. In truth, fair Montague, I am too fond, and therefore thou mayst think my haviour light.

*Romeo and Juliet*, act. II, sc. II

chasteté radieuse dans la façon vaillante dont la jeune épouse proclame sa tendresse sous les clartés de l'aurore qui baignent la chambre nuptiale; hardiment elle se plaint que l'alouette ait proclamé trop tôt le matin, et, de ses bras frémissants, essaie de retenir le bien-aimé qui veut partir. Toute d'élan, elle se plongera dans le sépulcre de ses ancêtres, comme elle se jette au cou de son amant, ne demandant qu'une chose au destin : aimer et être aimée. Kâlidâsa n'atteint pas à cette puissance de passion, mais le roman d'Ourvasî, noué dans les solitudes de l'Himalaya, se dénouera dans les mêmes circonstances que l'intrigue commencée au bal des Capulets. L'un et l'autre couple sont réunis par un de ces beaux soirs d'été où la lune éclaire les rives de la Yamouna comme le balcon de Juliette. Logiciens impitoyables, les deux poètes se gardent bien de nous laisser devant ces riantes perspectives; ils connaissent trop la loi des contrastes qui étonne le monde, et ce bonheur immense doit avoir un lendemain terrible. Fou de douleur, le roi poursuit la nymphe à travers la forêt enchantée; Roméo, éperdu, demande sa maîtresse aux échos de la tombe des Capulets. Ces héros si jeunes, si braves, si brillants, fléchissent sous la rigueur de la destinée; leur volonté, amollie par un climat brûlant, succombe au premier choc. Montaigu se dérobe par un suicide aux maux qu'il n'a pas la force de supporter.

« O mes yeux, dit-il, jetez votre dernier regard; mes bras, prenez votre dernière étreinte; mes lèvres, scellez d'un dernier baiser l'éternel contrat qui me lie à la mort [1]. »

En dépit du sentiment religieux, Douchmanta agirait peut-être de même, mais il y a, dans ce monde oriental, des ressources inconnues à l'Occident. Juliette doit rester froide et immobile au fond du cercueil,

1. Eyes, look your last!
Arms, take your last embrace! and lips, o you
The doors of breath, seal with a righteous Kiss
A dateless bargain to engrossing death.

tandis qu'Ourvasî se dégage de l'écorce d'une liane et revient à la vie. La pièce finit comme les opéras-comiques; Kâlidâsa se ferait scrupule de laisser le spectateur sous une impression pénible. Shakespeare est tragique comme les Grecs et ne recule jamais devant un dénoûment sanglant; sans se laisser distraire, il marche à la poursuite d'une idée, s'en empare et la développe ; peu lui importe où elle le conduit. Qui sait mieux, pourtant, devenir léger et gracieux à l'occasion ? cette main qui a tracé d'un pinceau si ferme la vie et la mort de Richard III, le règne d'Henri VIII, la trahison de Macbeth, ne dédaigne pas, à l'occasion, les tableaux d'intérieur. Comme l'auteur de Sakountalâ qui a esquissé avec infiniment de charme dans Mâlavikâ les mœurs intimes d'un palais oriental, Shakespeare nous a donné dans « Peines d'amour perdues », une agréable raillerie de l'euphémisme que les courtisans d'Elisabeth avaient mis à la mode. Molière aussi, ne s'est-il pas plu à tourner en ridicule le jargon de l'hôtel de Rambouillet? les œuvres légères sont le délassement du génie.

Chose étrange, Shakespeare et Kâlidâsa se rencontrent dans les domaines de la féerie comme dans l'analyse du cœur humain.

Faut-il que le poète anglais célèbre le mariage d'un seigneur illustre [1]? Est-il libre de lâcher les rênes à son imagination? *La tempête* et le *Songe d'une nuit d'été* naîtront sous sa plume. Sylphes, farfadets, lutins ou démons, tout un peuple surnaturel se lève à sa voix.

Le poète indien aussi sait se faire obéir par les esprits des airs, les musiciens du ciel et les géants malfaisants. Il est facile de trouver un lien de parenté entre les nymphes, qui voltigent de la terre au ciel, et les fées qui dansent sur le gazon, au clair de la lune. Les Apsaras, perdues dans la montagne ou enlevées par des Dânavas,

1. Holt, un des commentateurs de Shakespeare, pense que *La Tempête* fut composée spécialement pour les noces du comte d'Essex avec lady Francis Howard, à l'occasion desquelles elle fut jouée, pour la première fois, en 1611.

Rambha, Mênakâ, Ourvasî, sont les sœurs aînées de Mab et de Titania. Qu'on ne s'en étonne pas ; l'épouse d'Obéron a voyagé dans le pays du poète indien ; elle-même nous l'apprend, au milieu d'un violent orage domestique. — ces jolis lutins ont tous les caprices et toutes les passions des mortels, — la reine des fées déclare à son mari, qui est jaloux d'un page, que « pour rien au monde elle n'abandonnera cet enfant ; sa mère était, dit-elle, initiée à nos mystères, et, maintes fois la nuit, dans l'air parfumé de l'Inde, elle s'est promenée à mes côtés [1] ».

Pourquoi cette contrée plutôt que toute autre ? c'est que l'Inde était fort à la mode du jour ; l'Angleterre guettait cette riche proie, et déjà les vaisseaux de l'amirauté avaient dépassé l'île de Ceylan. Shakespeare

1. Set your heart at rest
The fairy land bays not the child of me
His mother was a votaress of my order
And in the spiced Indian air by night
Full often hath she gossiped by my side.

*A midsummer-night's dream,* act. II, sc. 1.

ne se doutait guère qu'un jour, une femme assise sur le même trône qu'Elisabeth, sa protectrice, joindrait au diadème des reines d'Angleterre le sceptre d'impératrice des Indes, Il parlait de l'Hindoustan un peu au hasard, comme du pays de la magie et des enchantements, et il en connaissait tout au plus ces légendes merveilleuses rapportées par des marins qui ne se faisaient pas scrupule de mentir. Mais puisque Titania a effleuré de ses petits pieds les cimes de l'Himalaya et balancé son corps mignon dans le calice d'un lotus, rien d'étonnant à ce qu'elle parle comme une adoratrice de Civâ ou de Vischnou.

« Dors dans mes bras, dit la fée à son disgracieux amant, l'homme à la tête d'âne ; ainsi le doux chèvrefeuille s'entrelace amoureusement, ainsi le lierre femelle entoure de ses replis les bras d'écorce de l'ormeau [1]. »

1. Sleep thou and I will wind thee in my arms
So doth the woodbine the sweet honey suckle
Gently entwist ; the female ivy so
Enrings the barky fingers of the elm.
*A midsummer-night's dream*, IV, sc I.

« Voyez, dit une des compagnes de Sakountalâ, cette jeune tige de jasmin qui s'est donnée pour épouse à un manguier odorant, et qu'elle embrasse avec ses jeunes rameaux [1]. »

L'orme touffu qui ombrage les routes anglaises ne ressemble guère au superbe manguier du sol brahmanique, mais la comparaison est exactement la même, et les deux phrases semblent calquées l'une sur l'autre. N'oublions pas non plus que la reine des fées et toute sa cour parlent en vers harmonieux, tandis que Battom et ses compagnons font usage d'une prose vulgaire. Ce mélange existe dans Kâlidâsa qui va plus loin encore, et se sert alternativement de deux dialectes ; le héros et les principaux personnages emploient seuls la langue sanscrite ; le prâcrit est réservé aux femmes et aux subalternes ; Ourvasî elle-même, habitante du ciel, n'a pas la permission de parler autrement. Il y a cependant, pour Kaucikî, une exception que

1. *Sakuntalâ*, acte I, page 6

lui vaut son caractère de religieuse bouddhiste. Dans Roméo et Juliette, l'idiome saxon se plie à la volonté de Shakespeare ; jeux de mots et descriptions légères, vers rimés à l'italienne et métaphores abondantes forment une vive opposition avec le langage concis et énergique que parlent Macbeth et Hamlet. Le rhythme poétique y caresse doucement l'oreille comme dans le quatrième acte d'Ourvasî entièrement versifié d'un bout à l'autre et noté sur divers airs connus aux musiciens du temps.

Le drame des amants de Vérone est précédé d'un prologue qui finit ainsi.

« Si vous nous prêtez la faveur d'une oreille attentive, nous ferons tous nos efforts pour perfectionner ce qui pourrait vous paraître défectueux [1]. »

Kâlidâsa use des mêmes précautions oratoires ; le directeur de la troupe in-

1. If you will patient ears at end what here
Shall miss our toil shall strive to mend
*Romeo and Juliet*, prologue

dienne annonce que la *Reconnaissance de Sakountalâ* va être jouée devant l'illustre assemblée, et il ajoute :

« Tant qu'elle n'a pas satisfait les gens de goût, je ne regarde pas comme bonne la représentation d'un drame [1]. »

On n'a pas plus de scrupule et de déférence envers le public; sur les bords du Gange et sur les rives de la Tamise, il paraît qu'on a toujours flatté ce maître exigeant.

Kâlidâsa emploie volontiers une espèce de bouffon pour instruire les spectateurs des changements de scènes et de personnages. De même dans les drames intitulés Périclès, Henri V, le Conte d'hiver, Roméo et Juliette, les scènes sont coupées par des chœurs qui fournissent à l'intrigue des additions et des éclaircissements. Remarquons-le en passant : Eschyle, Sophocle, Euripide groupaient sur le théâtre les soldats d'Agamemnon, les serviteurs d'Œdipe ou les compagnes d'Electre, et Racine fai-

1. *Sakountalâ*, prologue, page 5.

sait chanter aux jeunes Israélites les malheurs de Sion. Mais, dans ces tragédies, le chœur restait un ornement poétique, étranger à l'action ; les Grecs étaient trop raffinés pour employer un moyen qui enlève toute illusion et dont Shakespeare, lui-même, devait plus tard reconnaître l'insuffisance.

Enfin, dernière et piquante ressemblance, les mêmes fantaisies viennent éclore dans le cerveau des deux poètes ; le char sur lequel la nymphe Ourvasî fend les airs, n'est pas moins léger et moins rapide que celui de la reine Mab. Mais, hélas! ces moyens de transport, si commodes pour les immortels, n'étaient guère mieux réalisés sur la scène anglaise que sur la scène indienne.

Voici quelles étaient, en 1598, les richesses d'une troupe de comédiens en vogue. Quatre têtes de turcs, une roue pour le siège de Londres, un grand cheval avec ses jambes, un dragon, une bouche d'enfer, un rocher et une cage [1].

1. Guizot, *Notice sur Shakespeare.*

Le matériel du théâtre indien, au temps de Kâlidâsa, s'élevait à la même hauteur. Les chars aériens, qui étaient censés venir du ciel, ne bougeaient pas plus qu'un bloc de granit; ascension ou descente étaient simulées par la pantomime expressive des acteurs. *Le palais de la Perle* ou les pics de l'Himalaya, pompeusement annoncés, se gardaient bien de paraître. Dans le Songe d'une nuit d'été, la muraille écartait les doigts ponr permettre à Pyrame d'embrasser Thisbé, et, quand l'entrevue était finie, elle sortait en saluant poliment le public. Le clair de lune, enfermé dans une lanterne, marchait prosaïquement à la façon des bipèdes; au reste, on n'en faisait pas mystère, et l'on avouait ingénuement qu'on n'avait rien de mieux à offrir. La verve de Shakespeare faisait accepter ces bouffonneries; mais, ce qui est triste à penser, les hommes se travestissaient pour remplir les rôles de femmes. Les voyez-vous, ainsi représentées, ces belles héroïnes, qui ont toutes les faiblesses, les grâces, les pudeurs, les tendresses de leur sexe? La blonde Ophélia ou la douce Desdémone se rasant le matin et cherchant, le soir, à imiter en fausset la voix d'une femme, quelle désillusion!

En composant le rôle de Bérénice, Racine songeait à la Champmeslé, et, en écrivant Zaïre, Voltaire entendait déjà la voix passionnée de la Clairon. Pauvre William! qui n'avait pour s'inspirer que sa pensée. Ne lui fallait-il pas des trésors d'imagination et de poésie pour peindre ses héroïnes incomparables?

Les Indiens ne se laissaient pas si grossièrement abuser que les Anglo-Saxons. Passe encore pour des décorations imparfaites, mais la nymphe qui tournait la tête à un héros devait être belle pour tout de bon et charmer réellement les yeux du spectateur. Les œuvres de Kâlidâsa étaient écoutées par un auditoire délicat, dans un silence religieux. Shakespeare n'a pas été si bien compris par ses contemporains; il a souffert comme tous ceux qui découvrent des horizons nouveaux. Au parterre anglais, l'on mangeait des pommes et l'on buvait de la bière, les gentilshommes jouaient aux cartes et fumaient leurs pipes sur le théâtre, pendant que le More étouffait Desdémone ; on voyait le public rire en tournant le dos aux acteurs, et boxer parfois ; c'était bien pis que le fameux *brouhaha* signalé par Mascarille. Ce siècle étrange alliait la grossièreté à la prétention ; la cuirasse du baron féodal perçait sous les plumes et les dentelles du courtisan d'Elisabeth. Une partie de la scène était élevée de manière à former un balcon ; c'était là que cette noblesse turbulente prenait place. Wilson remarque que la même disposition existait sur les théâtres indiens ; mais il ne dit pas qu'aucun spectateur eût le droit de s'asseoir à cette tribune, ni surtout de juger la pièce.

Croirait-on que la belle société de l'hôtel de Rambouillet n'eut pas même connaissance du nom de Shakespeare ? La gloire du poète n'avait pas traversé la Manche, et il est piquant de ne trouver chez Corneille, né dix ans avant la mort du poète anglais, aucune de ces ressemblances qui nous frappent chez le vieux maître indien. Chimène a les beaux sentiments de la princesse de Clèves ou des riveraines du fleuve de Tendre, mais cette fière Espagnole, tout entière à la vengeance, se doute-t-elle seulement d'un amour exclusif et profond ?

Rien n'a vieilli chez les deux grands romantiques dont nous venons de comparer les œuvres ; leurs héroïnes sont aussi fraîches et aussi brillantes que jamais. Shakespeare et Kâlidâsa n'ont pas, comme certains auteurs modernes, confondu le désordre avec la passion. Ils n'ont pas vu l'espèce humaine à travers une loupe ; la simple vérité leur a suffi. Pourquoi, dans Sakountalâ, la douleur d'une épouse et d'une mère abandonnée nous émeut-elle si vivement ? C'est qu'aucune nuance n'est forcée dans ce langage véhément et sublime. Mettez une fille du peuple dans la même situation ; à un moment donné, elle parlera comme cette reine d'il y a deux mille ans ; elle trouvera, d'instinct, cette éloquence qui n'a rien à faire avec le rang et l'éducation. Les coquetteries d'Ourvasî se retrouveront, à la lettre, chez une ingénue du XIXe siècle, elles sont femmes toutes deux, mortelles ou déesses. Quant aux héroïnes de Shakespeare, nous les coudoyons chaque jour dans la vie; elles existent, ces incarnations de la vertu et du sacrifice, souriant à la lutte, comme Viola, ou s'y brisant comme Ophélia; dévouées comme Portia, clémentes comme Hélène, mais jalouses, avant tout, de cacher leurs blessures; et, comme Desdémone, menteuses héroïques, pour sauver l'honneur conjugal. Nous les connaissons ces héroïnes obscures que personne n'applaudira. Nous les avons aimées, nous les pleurons peut-être? O poètes! tous les deux vous avez su peindre des figures vivantes; c'est le secret de votre jeunesse éternelle [1]!

1 Aux admirateurs du poète anglais nous signalons les excellentes études de M. A. Mézières sur Shakespeare, ses prédécesseurs, ses contemporains, ses œuvres et ses critiques.

# NOTE

Inconnu de son vivant, sinon à ses compatriotes, du moins à ses contemporains, il fallait encore que, trois cents ans après sa mort, une plume audacieuse essayât de ravir au poète sa gloire, la seule richesse qu'il ait amassée pendant sa laborieuse carrière. A notre époqne sceptique, où tout est remis en question, le paradoxe le plus effronté a le droit de se montrer au grand jour et la chance d'être favorablement écouté. Tout récemment, on a voulu prouver que les chefs-d'œuvre, objets de notre respectueuse admiration, étaient dûs au chancelier Bacon, dont le pinceau d'Holbein nous a conservé l'austère image. A ce point de vue, William ne serait qu'un vulgaire impresario qui récitait sur des tréteaux, entre deux chandelles, la prose ou les vers du Mécène qui s'abritait sous son nom. Un jeune et éloquent critique du *Journal des Débats* a fait justice de ces mensonges :

*humbugs* (fadaises)! s'est-il écrié, dans son indignation. Nous aussi, nous garderons nos illusions. Juliette, Desdémone, Ophélia, ces adorables créatures que nous ne nous lassons pas de revoir sur la scène, ne doivent pas le jour à un froid dialecticien. Un cerveau de poète, tourmenté, fiévreux, les a enfantées au milieu des luttes de la vie ; elles sont les filles immortelles d'un génie qui a souffert.

Le Puy, imp. de Marchessou fils, boulevard St-Laurent, 23

www.ingramcontent.com/pod-product-compliance
Ingram Content Group UK Ltd.
Pitfield, Milton Keynes, MK11 3LW, UK
UKHW012226240726
13966UKWH00003B/976